AF208548

Lino García Morales

Adiós al silencio

© Lino García Morales, 2017

Edición e impresión por BoD – Books on Demand
info@bod.com.es – www.bod.com.es
Impreso en Alemania – Printed in Germany

ISBN: 978-8-4132-6609-1

A Hugo, Héctor y Viki.
A Ana y Paloma Tomé, Manuel Iglesias y José A. Alonso.

En los pueblos todo se sabe

En los pueblos todo se sabe. Casi incluso antes de que suceda, todo se sabe. –Esa niña va a terminar mal –decían las malas lenguas donde quiera: en el bar, en la pequeña plazoleta que sirve de plaza de España al frente del ayuntamiento, en los campos, en las cocinas. –Esa niña va a terminar mal –decían, porque esa niña parecía que no era del pueblo. Entraba, salía; se comportaba como un ser extraño y libre que el aire empinaba a su antojo.

Y así fue. La niña, de unos veinte años, desapareció en la noche y, tres días más tarde, después de búsquedas interminables por cada pedazo de camino, matorral o rivera, apareció su cuerpo frío junto al río: desnuda, sucia, violada, amoratada, destrozada. Todos parecían intuir la tragedia; pero nadie se atrevió, en cambio, a apuntar con el dedo a alguien. Era como si no hubiese ser en los alrededores tan monstruoso y depravado capaz de cometer tal crimen. La niña no tenía novio. Al menos nadie lo conocía. Todos la veían con unos y con otros; pero nadie podría decir que detrás de estas relaciones hubiera nada parecido a un compromiso. No había ninguna denuncia de nada, ni de nadie. Sus padres, ya mayores, apenas podían hablar entre el cansancio y la pena, desaparecieron sin desaparecer. Es curioso que, sin nada de nada, todo el mundo intuía ese posible algo.

Eva tropezó con Jon en la puerta de su casa dos días después del multitudinario entierro. Aún recuerda aquella mano inerte, la piel pálida, las ojeras y la bicicleta de ruedas anchas, como las que aparecieron muy cerca del cuerpo.

Eva

Los segundos caen como las gotas de agua de un grifo defectuoso: irritantes, lentas, desorientadas. El tiempo es una especie de flujo que succiona la fertilidad a todo lo que riega; sin embargo este lugar, apenas una latitud y longitud perdida en cualquier mapa turístico, derrocha verde y bruma. Todo está inundado de silencio. Todo. Incluso tú, Eva. Pero a tu alrededor la vida sigue igual. Al bosque parece sentarle bien esa permanente quietud a la que no terminas de acostumbrarte. Es como si el reloj de tu vida y el del mundo estuvieran desfasados.

Para ti la vida se detuvo en algún momento difícil de ubicar con precisión; los instantes son así de escurridizos aunque imposibles de olvidar. La película de tu vida se congeló en una foto sin nada que retratar cuando Luis, tu marido, escupió el último trozo de pulmón que le quedaba y te quedaste sola en el final de una vida y el comienzo de otra. Ha llovido mucho desde aquello; pero cada día parece que fue como ese último, vacío, y al final todos los días son iguales. Uno detrás de otro, uno encima de otro.

Llegaste aquí por azar desde hace ya varios años, aunque a veces tengas la impresión de vivir aquí toda la vida. Cuando Dios tira los dados pasan esas cosas. Unos se van, otros vienen, nadie regresa. El regreso es otra forma de ir o venir. Esta fue la tierra de los tuyos y ahora es tuya. Eres una más.

Tienes solo un vecino: Jon. Ha alquilado parte de tu propiedad, pero tan solo le has visto la cara una vez. Hoy día no hace falta verse las caras. Para eso está Internet. Y sí, no todo el mundo tiene una propiedad; mucho menos cuando has estado de alquiler en casas de muñecas en La Habana y en Miami. Pero tú si la tienes. Eres afortunada si de tener casas se trata. Tienes dos muy grandes, muy cerca una de la otra. De hecho son tan grandes que puedes recibir a otros tres inquilinos pero, por ahora, solo tienes uno y tampoco necesitas más. Lo cierto es que ni siquiera lo necesitas, pero ahí está, por inacción, por inercia, por irrelevante. Son propiedades grandes y aisladas. El próximo caserío está a más de diez kilómetros. Qué más da. A los vegetarianos con un buen huerto les basta. Aquí todo te pertenece aunque no acabes de entender del todo, para qué. Todo es tuyo Eva. Eres la reina de estas tierras. Si quisieras podrías inventar una bandera, un himno y un escudo y fundar un pequeño territorio más grande que El Vaticano, pero no te hace falta. Tu país eres tú. Tu continente eres tú. Tu mundo eres tú. Un universo tan grande como silencioso e inescrutable.

Ahí estás de pie, en la ventana, al borde del acantilado y frente a ti el mar. El océano parece no tener fin más allá de donde el sol hunde sus destellos todos los días. Impone lo insignificante que eres. Solo tú eres capaz de ver esos delfines que saltan como si no supieran hacer otra cosa que jugar con las olas.

Jon

Ahí esta tu casera; otra vez al borde del acantilado. Una ráfaga de viento, un mínimo desliz y se precipitará al vacío. Pero ella vuelve allí una y otra vez mientras tú la miras desde una ventana con las persianas casi cerradas para esconderte. Eva se sienta en ese delicado punto de equilibrio y mira fijo algo en el mar que nadie más parece ver. Allí el reloj se adelanta mientras tú, Jon, capturas el tiempo imagen tras imagen. No hay demasiadas cosas que hacer.

Desde tu habitación oscura retratas una y otra vez. Clic, clic, clic. Tienes todo el tiempo del mundo y una buena cámara réflex. Eres una de las pocas personas con la que Eva tiene "contacto". Ese es el único "contacto", Jon, que tienes con Eva. No sabes nada, nada en absoluto, acerca de ella. Solo que le gusta asomarse al acantilado.

Al "pueblo" vas en bicicleta solo a comprar lo justo para alimentarte cuando la mayoría está de siesta, faenando en el mar o trabajando la tierra. Tú no eres vegetariano, aunque te da lo mismo. Llevas tiempo sin saber qué eres, sin comer siquiera lo imprescindible. Te mueves como una sombra por la carretera, apenas hablas con nadie, coges lo que necesitas, pagas y vuelves a aquella preciosa y confortable casa alquilada donde tu mayor pasatiempo es fotografiar a tu modelo, la casera, que posa sin saber que posa mientras mira cosas que ignoras. En rigor se podría decir que la conoces; la ves todos los días, pero ella no podría afirmar lo mismo. Eva no tiene ni la más remota idea de quién eres, Jon. Para Eva no tienes cara, ni cuerpo. Hiciste los trámites del alquiler a través de una rústica página *web*. La persona de contacto era otra. Tú pagas como el reloj que llama a misa. Eso es todo. Para Eva eres una sombra escondida en su contabilidad.

Es difícil. Como animal de una especie similar, Eva se oculta y solo sale al aire para sentase allí, justo en el límite del peligro, del ser o no ser, a contemplar lo que sea que contempla: algo que solo ella puede saber; algo que parece más fondo que figura. Eva cree que está sola, pero nadie está solo del todo. Ni siquiera el silencio es silencio del todo. Tú Jon, recoges esos momentos y observas una soledad profunda, conmovedora, vencida, desde la tuya escondida, entumecida, enmohecida. Apenas cambia nada entre una imagen y otra, por mucho tiempo que pase entre ellas. Es como una bandera que flota en el tiempo.

Hoy te has quedado sin té y no puedes vivir sin él. Lo sustituiste por el café porque apenas podías cerrar los ojos, pero sigues igual de enganchado. Tu problema, Jon, no es el té, ni el café. Sigues durmiendo solo unas horas, pero algo es algo. Tienes que regresar al pueblo a comprar esas hojas secas que aroman tu vida. No hay nadie, ni una sombra, en varios kilómetros a la redonda. Ni siquiera Eva al borde del acantilado. Aún es verano y hace calor pero allí, cuando cae la tarde, siempre refresca.

Te enfundas la chaqueta y coges la bici como siempre. Justo al salir, al cerrar la verja, justo en ese momento, Eva sale de camino a su excéntrico mirador. El encuentro es inevitable. No puedes volver atrás. Eva no puede seguir adelante. Os miráis y como dos extraterrestres que se ven por segunda vez torcéis la cara con una mueca de saludo y os dais la mano. Tú sabes Jon, que eres un ser triste pero, cuando estrechaste aquella pequeña mano, te inundó una tristeza tan profunda y desolada que te hizo sentir culpable. Sentiste que eras tú quien se sentaba al borde del acantilado y que un simple soplo de aire fresco te haría caer a un abismo negro, gélido y profundo.

Última llamada

Es difícil imaginar que alguien expulse su cuerpo por la boca, como si le dieran la vuelta y se derramara empujado por una fuerza mágica imparable. Luis lo hizo. Tosió y tosió hasta quedarse sin pulmones, sin respiración y sin vida. Una muerte horrible, inimaginable, indeseable. Su cuerpo le empujaba a toser y en cada oleada expulsaba una parte de sí que su cerebro, ajeno a su voluntad, en contra de su voluntad, solo podía aceptar con resignación. Eva, no pudiste hacer nada; solo prestar tu oído a disgusto, a pesar de los pesares, a aquella tos seca y mortal que arrastraba a Luis al abismo de la muerte. Él te miraba incontinente, deseando un milagro, pero tú eras incapaz de hacer milagros. Nadie podía hacer nada. Ni siquiera Dios podía salvarle y Luis no tenía tiempo de culpar a nada, ni a nadie. Se fue como lo hace la hojarasca a merced de un viento despiadado y furioso.

Lloraste. Te partió el alma tanto suplicio. Sentiste un dolor que, a pesar de estar fuera de tu alma, ardía, quemaba, ahogaba. Sentiste compasión y pena: una profunda y desconsolada tristeza. A esas alturas Luis, el salvador, estaba perdonado. Perdonado, pero no olvidado. Luis se fue como lo hizo tu rencor; pero lo que pasó, pasó. No es posible volver atrás, borrar el dolor; como no es posible devolverle la vida. No es como un trazo equivocado en un papel. Es la vida misma.

Luis tosía a menudo, se convirtió de la noche a la mañana en un fumador empedernido, en un adicto al tabaco. De repudiarlo pasó al club de los que piensan que "de algo hay que morirse" con la seguridad de que son otros los que se mueren y no ellos y de que haría falta demasiado tiempo y nicotina para conseguirlo; con la torpeza de adjudicar los daños y prejuicios del tabaco al resto de los fumadores. FUMAR MATA; pero no a él, ni a todos. Le faltaba el aire, escupía sangre, pero no se daba por aludido. El médico le advirtió: –Tienes que parar. Esto te va a matar –y el le decía que si, como un niño que promete no comer más caramelos para no tener caries. Cuando le diagnosticaron cáncer se derrumbó, le cogió por sorpresa: una sorpresa escuálida y desnutrida. No hay peor ciego que el que no quiere ver. No hay peor sordo que el que no quiere oír. Luis fue sordo y ciego hasta ese día. De nada le servía ya engañarse. De nada le servía ya parar de fumar. Así es la estupidez humana: infinita, hasta un día. Sin embargo, nunca llegó a culpar del todo al tabaco. Él había sido deportista y era solo un fumador novel aunque aventajado; apenas llevaba un año: intenso (fumaba como un descosido), pero breve (hay gente que fuma, desde entonces, y ahí siguen). Era difícil asociar una cosa con la otra, relacionar causa y efecto.

Linda, su "novia", le dejó. Era su problema. Era su asesinato, su suicidio, su desgracia. Lo largó al instante, exprés; como quien recibe un paquete con el contenido defectuoso o equivocado o ve que a su bolígrafo de usar y tirar apenas le queda tinta. Luis se quedó solo. Alternando entre toser y largar bocanadas de humo al vacío. Pensando como sería eso de morir sin pulmones. Consumiéndose en su pequeña habitación de su pequeño mundo. Entonces se acordó de ti, Eva: la única persona del mundo que no dejaría que muriese como un perro.

«Tengo que llamarla», pensó.

SOS

Cuando sonó el teléfono, Eva, no podías imaginar que fuera él: Luis. Luis estaba muerto. Tampoco podías imaginar cómo se atrevía a llamarte, ni por qué.

–Si –respondiste.

–Eva –escuchaste al otro lado de la línea, muy lejos, desde el más allá. Apenas reconociste su voz, pero tosió. Lo hizo repetidas veces y no te atreviste a colgar–, hazme el favor –le interrumpió otra vez la tos –, hazme el favor... no cuelgues –murmuró con prisa. Tú ni siquiera saludaste. No por falta de educación, sino porque la herida aún sangraba y con los muertos no se habla. El tajo estaba abierto y parte de tu cuerpo goteaba día a día, noche a noche–. Me estoy muriendo –dijo–, necesito que vengas.

Tú te quedaste pegada al auricular, petrificada. No sabías muy bien qué decir. ¿Qué se le puede decir a alguien que te usó como un bolígrafo desechable? ¿Qué se le puede decir a un mentiroso? ¿A un farsante que a la primera de cambio te dejó tirada? ¿Qué se le puede decir a ese mierda que fue tan cruel?

–¿Qué es eso que te estás muriendo Luis? –preguntaste por fin.

–Tengo cáncer… Me muero Eva… Tú eres la única persona a la que puedo llamar –dijo y le interrumpió la insoportable tos. En realidad no fue preciso. No eras la única persona a la que podía llamar. Había muchas personas con su misma sangre: su madre, su hermana y también otras como su "novia" Linda, la rubia de peluquería y cuerpo de gimnasio. No eras la única a la que podía llamar. Eras la única que no le dejaría tirado como un perro. En estas situaciones las frases se trocan, se dicen unas cosas por otras, se sobreentiende–. Te lo suplico... ven… ayúdame el tiempo que me quede… No es mucho. Te lo suplico.

No contestaste. La parálisis recorría todas esas heridas sangrientas, coagulantes, apretaba los labios secos, inmovilizaba los ojos húmedos. Tu cabeza decía que no; rechazaba todo cuanto tenía que ver con él. Tu cabeza, tu cuerpo, tus heridas, todo le condenaba, pero tu corazón es blando y latía asustado. Al final balbuceaste:

–No puedo Luis, no puedo –y colgaste.

Luego te desplomaste en el sofá. Te quedaste en blanco. Luis estaba olvidado, pasado, muerto y enterrado y ¡se estaba muriendo! Nadie está preparado para esto. Tú tampoco. Era una llamada de larga distancia, no solo desde Estados Unidos, sino desde fuera de tu alma, desde el más allá. Y es lógico Eva. La decepción es capaz de todo; es capaz, incluso, de enterrarte a ti misma. Luis ya estaba muerto. No fue él quien llamó, sino un zombi desesperado que teme lo que no sabe que le espera.

Media hora después volvió a sonar el timbre. Luis te conocía mucho más de lo que tú creías, Eva. Sabía que ese era el tiempo prudente para convertir la lástima en compasión. Sabía que no le perdonarías, pero que eras incapaz de dejarlo tirado. Tú eres un ángel, Eva; el ángel que se cruzó con el demonio de Luis. Hay quien dice que nada es casualidad, que todos viajamos hacia donde alguien o algo nos espera. Tú solo tuviste un accidente y él estaba ahí. Y te salvó. En realidad nunca supiste si te enamoraste de un héroe o tu incontinente agradecimiento te rindió en sus brazos.

–Eva –murmuró Luis antes de toser–, te voy a traer por la Cruz Roja… reagrupación familiar... por motivos humanitarios –dijo entre toses–. No me dejes morir solo. Te lo suplico.

Luis jamás suplicaba. Ese día suplicó tres veces. No dijo "te podría traer", sino "te voy a traer". En efecto, no le quedaba mucho. Con la muerte no se juega. Fue un canalla, pero hasta la muerte del más canalla de los canallas merece un poco de respeto. Era la única carta que le quedaba por jugar.

En rigor, la visa en la que Luis pensaba no era la de reunificación familiar. El gobierno de los Estados Unidos solo otorga ese tipo de visado en casos excepcionales. Luis se refería, sin duda, a una *humanitarian parole*; es decir, a una visa por causa médica, para visitar a un familiar, un marido en este caso, enfermo, muy enfermo.

Se supone que tú y Luis se casaron por amor; en realidad fue algo mucho más raro que eso. Luego vino la gran depresión y la decisión de irse. El plan era sencillo. Los dos aplicarían al bombo internacional, la lotería de visas para emigrar a USA. Si los dos lo conseguían, plan A, genial. Si uno lo conseguía, plan B, intentaría "arrastrar" al otro; ya sea mediante la "reunificación familiar", algo muy difícil y complejo, o a través de un rodeo migratorio por algún país vecino como México. En definitiva existía la ley pies secos, pies mojados. Solo era cuestión de llegar, ya sea por tierra, ya sea por mar. Si ninguno de los dos la conseguía pues… a jeringarse. A seguir intentándolo. Luis lo consiguió. El sinvergüenza nació con suerte. Al menos, con ese tipo de suerte. Ganó la lotería. Tú, Eva, no. A ti no te la concedieron. Perdiste dos veces seguidas; pero cuando Luis la obtuvo, pensaste que cumpliría su parte del plan, confiaste en él y te equivocaste de calle.

Luis te decepcionó. Al principio no. Al principio parecía que trabajaba como una hormiga en cualquier cosa para reunir el dinero necesario para "arrastrarte"; pero al cabo de medio año, "la cosa" se enfrió, las llamadas se distanciaron, se tornaron frías. Desaparecieron los te quiero, te extraño, te amo. Tú, Eva, que no eres mal pensada, no le diste demasiado importancia. «El pobre trabaja de sol a sol», «Vaya vida de perro, infeliz»… Un día dejó de llamar, se acabó. No supiste explicarlo bien, pero decidiste pensar bien en lugar de pensar mal. Era más positivo para ti y total, pensaras lo que pensaras, las cosas son como son y no como uno quiere que sean. Pasaron tres largos meses hasta que te avisó Tere, tu amiga Tere que también era amiga de Luis. Tenía un video para ti, de él.

Fuiste corriendo a buscarlo. No había guaguas y un sol rajaba las piedras, pero tú llegaste sudando a Miramar para saber de Luis. Ahí estaba un sobre encima de la mesa con la dirección escrita de su puño y letra y un video Beta dentro para ti. Todos te saludaron con cariño. Tere hizo una limonada fría y te puso un ventilador enfrente para que te refrescaras. Tú estabas impaciente por ver la película. No tenías reproductor así que pediste permiso a Tere para reproducirlo en el suyo. –Por supuesto –te dijo mientras la cinta era engullida por la ranura–. Nos vamos a la cocina para que puedas verla en privado –te aconsejó con disimulo. –No, quédense aquí conmigo –exigiste pensando en que no habría contenido de adultos.

Todos se quedaron arropándote: Tere, Carmona (su marido), Irina (la madre de Tere), Carlitos (el hijo mayor de Tere y Carmona) y Fefa (una vecina). Hasta el perro se quedó jadeando a tus pies. Todos los humanos detrás del sofá y tú solita sentada en el centro, con el ventilador enfrente y el chucho debajo. No tardó en aparecer Luis en la pantalla colocando la cámara y acomodándose en una silla. Todos sonrieron. Se veía sano y fuerte, incluso lindo, aunque fumaba sin parar. Algo que ya era bastante anecdótico para él, pero nuevo para ti.

–Hola Eva, si estás viendo esto es porque Tere te lo hizo llegar –otra vez todos sonrieron, menuda bobada. Luis estaba serio. Tenía un pullover de rayas verdes que hacía juego con sus ojos. «¡Qué lindo está!», pensaste y tu cara se iluminó. Luego siguió un silencio incómodo–. Eva, esto es duro. No sabía cómo decírtelo así que… por eso estoy grabando este video –Luis cogía impulso de nuevo en una incómoda pausa– . A ver Eva, tú no tienes la culpa… la culpa es mía, pero... no te puedo traer –todos presagiaron algo malo, muy malo. Tere y Carmona hicieron mutis por el foro avergonzados, arrastrando a Carlitos. En definitiva Luis también era su amigo. Irina y Fefa se quedaron como si fuera el último capítulo de la telenovela–. He estado solo Eva. Muy solo. Aquí se pasa mucho trabajo. Pero… me he enamorado, Eva. Lo siento. Son cosas que pasan –«¡Cosas que pasan!». No pudiste llorar. Tanta vergüenza y pena te impidieron soltar la más ridícula y triste lágrima. Apretaste los labios y el esfínter. Irina y Fefa se miraron, te miraron a ti con pena, pero no se fueron– . Se llama Linda –confesó y una mujer rubia con ojos color miel, voluptuosa y firme apareció en la pantalla; como a la espera de una señal para entrar en escena, saltó al primer plano, y se sentó en su regazo. «La muy puta», pensó Irina. «¡Qué descarada!», pensó Fefa. Linda bajó la cabeza y miró las uñas de sus pies pintadas de un rojo demasiado rojo. Lucía una camiseta muy ceñida. No llevaba ajustadores. Se le transparentaban los pezones: dos grandes y redondas glándulas mamarias rugosas, ásperas y oscuras. Te llamó la atención sus labios desproporcionados y la piel de la cara tan estirada. Tenía pinta de machacarse en un gimnasio. Luis también. Eran los ganadores–. Espero que… –comenzó a decir Luis mientras exhalaba una larga bocanada de humo; pero tú, Eva, apagaste el aparato. Tú no esperabas nada más. Irina y Fefa estuvieron a punto de regañarte, pero se limitaron a observar. «¿¡Por qué?!». Tú les pediste que te dejaran sola. Aún más sola de lo que ya estabas. Ellas accedieron sin decir palabra. Rompiste a llorar. Lloraste tan fuerte que Tere vino y te abrazó y se quedó contigo. –Menudo cabrón –dijo Tere una y otra vez. –Menuda puta –alternaba cada cuatro o cinco "cabrones". Tú solo llorabas. Te derretiste como un hielo en un vaso de agua fría sin saber qué podía Luis esperar de ti. Te sentiste como una hormiga pisoteada por una bota militar mórbida. Te sentiste más pequeña que un oso de agua en un parque de atracciones acuático arrastrado por un flujo inconsolable salado que desaparecía en una cloaca de desechos humanos.

Jesús

Se podría decir que Jesús fue tu primer novio serio, Eva. Lo conociste en la Universidad mientras estudiaban Historia del Arte. Jesús fue tu amante mental, tu gran amor, el hombre de tu vida. El hombre que saciaba todos tus deseos intelectuales. Jesús hablaba del mundo como si lo mirara desde fuera; con la capacidad de colocar cada cosa en su justa relación con las demás. Tú lo adorabas por eso y por su fragilidad en un territorio rebosante de machos rudos e insensibles.

Tú también fuiste su gran amor y confidente, su inspiración, y su cordón umbilical con un mundo que no le reconocía y que le despreciaba. Se conocieron en primer año. La casualidad los unió en un instante que no los separó hasta casi diez años después; mucho después de acabar la carrera y empezar eso que llaman vida laboral: levantarse cuando no quieres, hacer tareas que no te gustan, tener un jefe imbécil, convivir con un porrón de injusticias sin que te salpiquen, llegar reventado a casa y sufrir estrés pos-fin-de-semana y pos-vacacional.

Juntos estudiaban, comían, veían las películas que estrenaban en la cinemateca, volaban por los museos, devoraban a Milan Kundera, Lezama Lima, Severo Sarduy, Virgilio Piñera, Reinaldo Arenas… ¿De dónde sacaba esos libros Jesús? Fue un misterio, fue su secreto. Siempre sospechaste que tenía alguna relación oculta con los literatos, que había una red clandestina de lectores en la facultad, pero nunca pudiste comprobarlo. Por muy juntos que estaban, Jesús te decía: –Mira –y tu mirabas fascinada el título y contabas el tiempo que quedaba para llegar a casa y poder ojearlo y hasta se te subía la adrenalina solo de imaginar lo que ocurriría si los descubrían. Devoraban cada material subversivo en la clandestinidad de tu habitación o la suya hasta que se fueron a vivir juntos y lo hacían en la misma cama que compartían. Daba lo mismo que estuvieran en español, inglés o francés; daba lo mismo que en la escuela todos juraran que ninguno de los dos era capaz de romper un plato de postre.

Tu madre pensó que te ibas a vivir con tu novio. La madre de Luis se sintió aliviada cuando se enteró que se iban a vivir juntos. Hasta el mismo casero clandestino que les alquiló aquella pequeña habitación de solo un cuarto, cocina y baño, muy cerca de La Rampa, se alegró de ver una pareja tan joven, simpática y unida. Los dos estaban muy delgados, usaban espejuelos enormes y redondos y tenían aires de pertenecer a algún lugar muy lejano y etéreo.

Nadie sospechaba que tú y Jesús erais solo una pareja espiritual. Nunca hubo sexo y nunca lo habría. Estaba de más. Podían estar desnudos. El calor muchas veces los empujaba a dormir como llegaron al mundo, con la ínfima brisa que exhalaba el malecón, pero nunca hubo el menor chispazo sexual. Dos hermanos de otro tipo de sustancia, con toda probabilidad, hubieran llegado mucho más lejos, pero tú, y Jesús, estaban por encima de todo eso. Para nadie era un secreto que eran novios, que vivían juntos; no había más que verlos, inseparables, como dos tortolitos. Incluso se daban fugaces besos en la boca para separarse más de quince minutos. Nadie sospechó, ni imaginó, vuestro verdadero secreto. Así pasaron esos años de relativa calma y felicidad, de borracheras filosóficas, de atracones literarios, de excesos audiovisuales, sin el menor apetito carnal.

Tú no eras virgen, Jesús tampoco. Pero fue como si a dos ex alcohólicos les uniera la prohibición voluntaria de volver a beber. Ninguno de los dos se sobrepasó en nada. Eran solo dos bitongos cualesquiera. Tú, Eva, tuviste cuatro o cinco noviecitos inexpertos, inmaduros, que tocaron aquí y allá, donde les dejaste, alguno consiguió bajarte el blúmer y otro acabar con tu virginidad; pero ninguno pasó de noviecito a novio, a algo mucho más serio. Todos fueron torpes, aficionados, poca cosa. Jesús tampoco tuvo mucha suerte. Ningún varón quería estar cerca de él en la secundaria, ni en el preuniversitario, en presencia de alguien. Quitaba puntos. Aun así pudo chupar alguna verga que otra en algún parque oscuro y no pudo evitar ser violado por un grupo de cuatro machotes a la salida de una fiesta en la playa. Le dejaron el ano como el de un mandril, chorreando sangre, semen y lágrimas. Se sintió tan sucio, tan asqueroso, tan insignificante, que se cortó las venas en la bañera para reencarnarse en árbol, pero su madre estaba alerta y no lo dejó morir. A veces las madres captan esas señales de desesperación en el silencio. A veces te salvan.

Después de largas e interminables sesiones de psicoterapia, Jesús te encontró en aquella asfixiante aula. Te descubrió y te hizo suya; de una manera adorable que te encantaba. Fuiste su reina, su musa y su mundo, tanto como él fue el tuyo. Diez años Eva, en los que tus mayores orgasmos ocurrían mientras dormías y soñabas con extrañas fantasías eróticas en las que no estaba Jesús; o mejor dicho, estaba contigo, disfrutando fuera de ti, no dentro de ti, era un espectador más. Los arcángeles te rondaban, pero era el ángel caído el que te hacía suya. Un ángel rebelde, corpulento y bello te poseía una y otra vez. Mordía tus senos, comía tu vulva, destrozaba tus entrañas, inundaba tus intestinos y tú convulsionabas inmóvil, pasiva, sumisa. Jesús lamía tus heridas, curaba tus hematomas, componía tus huesos.

Cuando acabó la carrera, vuestra vida continuó. Jesús decidió asomarse en el mundo de la curaduría y tú en los archivos del Museo Nacional de Bellas Artes. Llegaste allí recién salida del horno, pero eran colecciones que conocías muy bien, que te enamoraban y encantaban. Y descubriste que lo mejor de los museos no es lo que se expone, sino lo que se oculta en sus archivos. Tú vida no podía ser mejor. Tus amigas comenzaron a casarse, a tener hijos y ustedes dos, la pareja perfecta, los no novios que nunca habían tenido ni un más, ni un menos, la envidia de todos, seguían ahí: de la mano, unidos para siempre, impolutos, felices, hasta el día que ocurrió aquel fatídico accidente.

El contrato

Jon, llegaste a aquel pueblo encontrado por pura casualidad. Querías perderte. Pensaste en pueblos perdidos; pero, al darte cuenta que todos los pueblos que aparecían en la lista, eran en realidad, encontrados, te marchaste a hacer el camino del pueblo desconocido que marcó tu dedo índice.

Apareciste allí como quien hace el camino de Santiago y se pierde a lo bestia. Como el que, en vez de doblar a la izquierda, dobla a la derecha, o en vez de coger al sur, tira hacia el norte. Todo allí era bello o sublime, quién sabe. En la plaza la escultura en bronce de un anciano noble y bien vestido de nombre Quiroga te dio la bienvenida. Apenas al costado del ayuntamiento te encontraste con la fonda de Chus. Necesitabas comer y comiste; riquísimo. Necesitabas dormir y dormiste; algo. Necesitabas quedarte un tiempo, de duración indefinida, y te quedaste. Chus te esperaba aunque tú no la conocías. Había gestionado tu reserva por Internet y ahora sellaría el contrato de alquiler. Ella misma aconsejó y ayudó a Eva a rentar la casa solitaria, la que no habitaba. Entre las dos pusieron el anuncio en un portal de casas rurales. Le prometió no dejarla sola y Eva le ofreció parte de los dividendos. En principio te ofrecían poco tiempo, no un contrato de duración indefinida. Así podían controlar que no causaras problemas.

En realidad no tenían ninguna otra reserva. Aquel lugar estaba demasiado desconectado del mundo. Era un lugar al que solo llegaría quien se lo propusiera, como tú, sin proponértelo.

Chus misma te instaló en la casa destinada a los posibles huéspedes. Estaba limpia; preparada quizá para una visita en otros tiempos que nunca llegó, pero impecable, perfecta, lista para ser habitada. Te instalaste, Jon, con tu equipaje: una mochila media cargada, un cansancio enorme y una fascinación increíble de haber llegado al paraíso.

La búsqueda

Que la niña no regresara a casa a dormir pasó inadvertido. Nadie se percató. No era la primera vez. Nadie sospechó que sería la última. Era un trasto, un ser indómito y rebelde; pero, en una pubertad tardía, eso es casi la norma. Quizá nadie como ella había vestido, peinado, vivido, de manera tan estrafalaria y salvaje en toda la historia del pueblo. En un lugar lleno de prejuicios, no tenerlos, puede augurar mal porvenir. La chica parecía tener un pacto con meigas y bruxas que, por estos lares, es lo más parecido a tener un trato privilegiado con el demoño. Pero los diablos son peligrosos. Estas siervas, de apariencia amable, podían transformarse en vampiros e insectos y chupar la sangre y la grasa a los rapaces para fabricar ungüentos y pociones. Podían hipnotizar a las criaturas con sus cantos en los ríos para que la corriente los arrastrara y se ahogaran. Podían hablar con el más allá. Podían volar. Podían resolver algunos problemas terrestres. Pero se ensañaban en particular con nenos y púberes, los más débiles de la cadena alimentaria del mal, los favoritos.

Tener relaciones con el mundo mágico del monte puede llevar a trágicos destinos como este. Eso es lo que los paisanos de la villa auguraban al ver a aquel ser desorientado e imparable. Desaparecía con muchachos mayores que ella.

Andaba sola. Tiró de los pelos a una paisana que pretendía devolverla al sano juicio con un tirón de orejas. Se bañaba desnuda en el lodo. Hablaba con los delfines. Parecía poseída.

Quiroga no opinó. Fue el único que no lo hizo. El único que sabía el poder mágico de este ser único: la libertad. Desde su trono, en la minúscula plaza de España, podía verla ir y venir, siempre sola, por más que toda la villa le buscara posibles pretendientes; ninguno a su altura.

En la villa no hay policías, ni guardias, ni vixías, ni gendarmería, ni autoridad militar. Desde los tiempos en que fusilaron al héroe Quiroga, desde que lo convirtieron en mártir, nunca hizo falta fuerza alguna para reprimir o mantener el orden allí. Todos parecían tener claro cuál era la función que le correspondía en la comunidad. Nadie, en más de cien años, se había saltado las reglas no escritas. Ni siquiera esta infeliz mancillada, sodomizada y estrangulada.

Se organizaron partidas de búsqueda. Trajeron perros rastreadores y caballos obstinados. Abuelos, padres, hijos y nietos se movilizaron en su búsqueda. No hacía falta mapa, ni GPS. Aquél lugar era un pañuelo en el que todos se habían soplado los mocos. No quedaría un agujero por escudriñar, ni gruta por explorar. La comarca era tan mágica como peligrosa; plagada de caminos prohibidos y senderos intransitables, pero nada quedaría sin registrar. Todos salieron en grupos para evitar sospechas, para ayudarse en caso de que hiciera falta, para repartir el horror si la encontraban.

Cuando su cabello desperdigado y parte del cuerpo desnudo emergió del lodo en la rivera del río, alguien opinó que no debían tocarla. No porque diera mala suerte, sino porque así es como se hacía en las series y películas que había visto. Debían llamar a la policía del concello más cercano. Nadie sabía qué hacer. Nadie estaba preparado para afrontar un hecho como este. Así que obedecieron y llamaron al funcionario que ejercía de gestor de la villa. Él se encargó de todo.

Apareció por allí un todoterreno oficial. Bajó un grupo uniformado con maletas e instrumentos. Acordonaron la zona y pasaron casi el día entero haciendo fotos, midiendo, recogiendo muestras. La información preliminar apuntaba a un presunto asesinato. Luego se la llevaron y no volvieron a verla hasta que la devolvieron para su sepultura. Toda la información estaba bajo secreto de sumario. Había una investigación abierta. Por primera vez en la villa uno de sus hijos moría asesinado. Era un hecho muy grave. La consternación cayó sobre la aldea, al borde del despeñadero, como una niebla espesa y fría. La brétema coronó al pueblo durante casi un mes. Los delfines desaparecieron. Las flores se cerraron. Los espectros se recogieron.

Cuando la luz volvió a caer sobre la colina, trajo a un hombre demasiado delgado con pinta de inspector de la luz y paso torpe. Tomó un café en el local de Chus y se presentó: –Soy el encargado del caso… –dijo evitando la palabra homicidio. Chus secaba de forma compulsiva una copa que se le fue de las manos y estalló con estrépito en el suelo–. Necesito hacer algunas preguntas a todos los habitantes de la villa.

Hay que llevar blúmer limpio

Hacía calor, muchísimo calor; un calor mojado, irrespirable, agobiante. El pavimento parecía una enorme tabla de planchar y el sol se empeñada en alisar cualquier arruga de voluntad en la gente. Eran alrededor de las dos de la tarde. Había poca gente, poco tráfico, poca vida; pero tú, Eva, tenías que ir a buscar un fax al Centro Wilfredo Lam; el aparato que tenías disponible en el Museo llevaba ya tres meses sin funcionar y era importante leer cuánto antes esa respuesta. De ella dependía, sin exageración, casi una exposición entera. Es difícil vivir en un país donde sobra tiempo cuando eres responsable. Tonta, dirían tus compañeros. Nadie es imprescindible. Nadie.

No tenías sombrilla; ni siquiera pamela o sombrero para resguardarte, por muy ridícula que parecieras a la mayoría de los viandantes. Así que te quitaste ese jersey fino de color chicle mascado, que te resguarda de congelarte en tu oficina, y saliste a inmolarte en la hoguera. Tu cabeza ebullía entre los reflejos de luz y los destellos de tus preocupaciones. Cruzaste Monserrate sin mirar. No había nadie. No se oía nada. Todo estaba congelado, quemado. Hasta los custodios del Granma parecían invisibles. Pero te equivocaste. Un artefacto desvencijado medio bicicleta, medio moto, medio flecha, se abalanzó sobre ti y te golpeó con rabia, con dureza, como nunca nada, ni nadie, lo había hecho. ¿A ver qué te creías que era la vida? La vida no es solo aquello que te pasa, sino también lo que te puede pasar.

Volaste. Es imposible medir cuántos segundos, cuántos metros, cuántos minutos y horas, cuántos kilómetros y países. Caíste en una pose que no te favorecía. Tu ropa se desgarró y dejó a descubierto tus pequeños senos protegidos en esos ajustadores de niña y tus nalgas suaves, tan blancas como la porcelana, decoradas con un blúmer color rosa palo. Tú abuela siempre te lo decía. «Hay que llevar el blúmer limpio, sin agujeros, ni descosidos, por si tienes un accidente. Nunca se sabe». Tú cumplías a raja tabla esa regla de oro. Nunca te pasaría; pero, por si acaso. Nunca se sabe. Ese fue tu día, el día que se suponía servirían los consejos de la abuela, pero la caída desgarró por donde pudo y además de esa pose ridícula, desfavorecedora y ordinaria, tu sangre y la grasa industrial impregnada en el pavimento, se ensañaron contigo. Te ensuciaron, mancillaron, arruinaron, deslucieron. Al suelo se precipitó un rastrojo humano con el pelo enredado, despeinado, enfurecido. El conductor de aquel trasto también salió despedido. No tanto como tú, pero salió peor parado, con un tubo oxidado atravesándole el abdomen.

Los guardas no se movieron. Solo asomaron sus cabezas de entre las sombras. Era su deber permanecer tiesos como un palo velando por un yate hundido en una pecera sin agua, ni peces; no salvar a nadie, sino a algo. Solo una persona salió de no se sabe donde y te cogió en volandas sin importarle mancharse la camiseta blanca impecable que llevaba. Unos dicen que vino corriendo desde la Loma del Ángel; otros creen que desde Zulueta. Pero todos coinciden que llegó como una exhalación y te levantó como una pluma. Corrió contigo hasta dar con otro desvencijado carro, lo paró atravesándose delante, te subió y obligó al sorprendido conductor con una pistola de desesperación a llevarlos al hospital Ameijeiras.

El desconocido se llamaba Luis, pero eso ahora no importa, por ahora solo es un salvador que cumple con su deber de héroe: el de casi perder la vida frente a un almendrón embalado de frenos defectuosos por salvar la de una total desconocida. Así son los ángeles de la guarda. Tú te desmayaste Eva, perdiste el conocimiento. De no ser así te habrías escandalizado con tu aspecto, te hubieras estirado la blusa y la saya, pero entonces solo eras un cuerpo perdiendo el contacto con todo lo que le rodeaba y una mente perdida en la más absoluta obscuridad.

Hospital

Los hospitales siempre están llenos y olientes. El cuerpo de guardia ni se diga. Gente que se está muriendo. Gente que llega muerta. Gente que cree que está muerta, pero está viva. Gente que cree que está muerta y está muerta. Gente que está peor. Gente que está por llegar. Gente que no pudo llegar. Nunca se sabe. Los pasillos están atiborrados de gente con batas blancas y de gente sin bata y cara de preocupación, dolor y resignación. Huele fuerte: a humanidad, a alcohol, a formol, a éter, a estéril, a frío, a calor; huele a un perfume hecho con todos estos ingredientes combinados por las circunstancias con calma y minuciosidad.

Cuando llegaron, todo el mundo abrió paso. Parecías muerta, Eva. Luis gritó pidiendo auxilio y un bulto de fantasmas corrió hacia ti. Te tomaron el pulso. «Está viva». Observaron tus heridas. «Ninguna grave». Te alumbraron los ojos con una diminuta linterna. «Reacciona». Cuando llegaste a la cama nadie sabía muy bien qué podías tener. Eras una de esas pacientes circunstanciales que parecía estar muerta, pero estaba viva. Te empujaron en camilla a través de una puerta de la que colgaba un letrero que imponía: PROHIBIDO EL PASO. A Luis le ordenaron esperar fuera. DEJAR PASO. Debía irse, ni siquiera te conocía, pero no lo hizo. Se quedó sentado en un banco de metal color menta deshidratada como si fuera su propia vida la que hubiera trascendido el umbral de esa prohibición.

Cuando abriste los ojos viste dos caras. Una conocida, Jesús, la otra… ¿la otra? Miraste desorientada. –Es Luis –dijo Jesús–, tu salvador –y lo dijo con esa grandilocuencia y rimbombancia tan propia de su exaltación. –¿Qué pasó? –preguntaste. –Te atropelló un artefacto callejero no identificado pero, gracias a Dios, solo tienes rasguños y hematomas. Ha sido una suerte que Luis anduviera por allí justo en ese momento. –Gracias – le dijiste a Luis y él sonrió y pudiste ver unos hermosos ojos verdes en una cara simétrica y angulosa que conectaba con un cuerpo escultórico color tostado y bien proporcionado. «¡Un ángel!». Eso pensaste y te enamoraste en ese mismo instante. Eras suya. Lo quisiera él o no, le pertenecías. Podía hacer contigo lo que le viniera en ganas, aunque en ese preciso momento te dolieran hasta los dientes. Jesús tenía la misma cara. Él también deseaba ser suyo, pero Luis te miraba a ti y sonreía con el mayor respeto de no ofender a Jesús. Así fueron los primeros minutos de tu regreso a la realidad.

Tuviste que esperar un día más. Te pasarían por un complejo aparato de tomografía axial computarizada para escudriñar con detalle tu interior. Jesús se quedaría. Luis dijo que volvería al día siguiente. Tenía unas cosas pendientes que resolver, pero allí estaría. –No hace falta –dijiste agradecida y falsa, implorando desobediencia. –Lo se –respondió él con una voz de barítono bajo que masajeó tu palidez–, pero déjame volver. No me quiero perder el final de la película.

Jesús no paró de llorar y reír. Le mandaste a casa, pero no podía irse. Estaba tan preocupado como fascinado. Se hubiera cambiado por ti desde que saliste al Lam. Era lo único sobresaliente que les había pasado en los últimos diez años y, por fortuna, no pasó nada.

El ángel caído

El final del *film* fue polaco: *Koniec*. Se acabó. Cero *hit*, cero error, nadie quedó en circulación. No te pasó nada de nada. Hasta los rasguños y las rozaduras parecían retirarse avergonzados con esa poca crema de quemados que te untaron. –Una vez al día –recetó la enfermera–, y aceite rosa mosqueta, si tienes, después de un baño de agua tibia y antes de acostarte, con la piel limpia, bien limpia. Si no tienes y no quieres que te quede ninguna marca, pídesela a alguien de fuera. Ya está, pa' casa.

Luis te ayudó a bajar de la camilla. Parecías San Lázaro con tus dos bastones. Jesús se acicaló el tupé a conciencia y lavó su demacrada cara de falta de sueño para la ocasión, pero no hubo ocasión. Se sintió mueble de decoración; sensación que conocía al dedillo y a la que estaba acostumbrado. Tú, sin embargo, le besaste en la boca, de piquito, y le agradeciste sus cuidados: –Te espero en casa. Anda, vete, que te estarán esperando en la galería. Luego nos vemos –le despediste con delicadeza.

Jesús se fue, desapareció entre el bullicio danzando en el aire, apoyando apenas la punta de sus delicados zapatos azul de prusia reflectantes. Tú y Luis esperaron que pasara un almendrón, así te gustaba llamar a esos coches americanos destartalados, con hueco para dos, se acomodaron muy juntos uno del otro y siguieron el curso de aquel viaje siempre sin acabar. Paró cerca de tu casa. Por suerte vivías en las inmediaciones de esas arterias principales del Vedado por donde circulaban esos taxis estrafalarios que van adonde van y no donde quiere el usuario. Luis pagó el impuesto de rigor y te llevó asida por la cintura hasta tu portal. Abriste y le invitaste a café. El aceptó y te siguió hasta tu pequeña y deliciosa sala decorada con gusto exquisito. Te ayudó con el café y se sentaron uno frente al otro, delante del ventilador, a degustarse con el pretexto de la exquisita infusión. Había fotos de Jesús contigo y tuyas con Jesús. Era tu vida, pero no tardaste en explicarle qué clase de vida. Estabas disponible. No sabías lo que era un macho, pero lo necesitabas. Al menos aquel macho irradiaba un magnetismo desconocido en tu alfabeto de emociones.

Te rendiste ese mismo día. Jesús llamó para anunciarte que había jaleo en la galería, debido a su ausencia, y que llegaría tarde. Tú le insinuaste que estabas bien acompañada. Cuando colgaste dejaste caer: –Bueno… tenemos toda la tarde para nosotros solos –y Luis se te acercó y todas tus tuercas se aflojaron y vibraron y tu boca se abrió y tus piernas también y con la mayor delicadeza y ternura Luis te poseyó como no lo había hecho nunca nadie. Perdiste la cuenta de tus orgasmos, de tus suspiros, de tu debilidad. Eras suya. Era tuyo. El fin de la película dio paso al inicio de una nueva. Esperabas que no fuera rusa, ni polaca, ni húngara, pero era la película que deseabas vivir sin ser consciente de que existiera. Tú eras la princesa, la reina, la delicada belleza deseada. Luis era el caballero, el guerrero, el malón que repartía caricias y clavaba su aguijón. Era el ángel caído.

Elena

Jon, tú estudiaste en Salamanca. Como todo joven zamorano que se precie, te fuiste a la Universidad de Salamanca, alquilaste una habitación compartida en un apartamento y saliste de fiestas los sábados hasta el amanecer. Estudiaste económicas y, cuando terminaste, hiciste los cursos de informática necesarios para obtener la doble diplomatura. Eras un *hacker* en cuerpo y alma. Tu objetivo era claro: utilizar las redes como medio para saquear al sistema.

Los nuevos piratas siguen saqueando. Ahora las armas cortan o queman de otra manera; el daño es diferente. Los cuchillos, espadas, lanzas, hachas de abordaje, espolones, chuzos, alabardas, pistolas, arcabuces, arcabuzillos, mosquetes, etc., ni siquiera pesan. Son código; código que corta limpio, sin sangre. Son utensilios igual de letales que sofisticados. Los nuevos filibusteros son científicos de datos, expertos en tecnología digital, doctores, ingenieros; gente que ha cambiado el parche en el ojo, el garfio y la pata de palo por una computadora, ropa deportiva cómoda, y un sofisticado conjunto de programas informáticos. Pero, como en los viejos tiempos, no todos los delitos son igual de deplorables. Robin Hood sigue ahí, dondequiera que yace la injusticia. Lo de ser más o menos bueno o malo depende de la óptica conque se mire.

Todo salió bien: estudiaste, saliste, bebiste, te emborrachaste, desvariaste y fornicaste con toda la que te dejó. «Aquellos años locos», podrías decir. Pero lo cierto es que todo eso lo hiciste solo porque había que hacerlo. No seguiste tus instintos, sino el de toda la tribu. Las novatadas, el escándalo, la estupidez,… hiciste todo lo que cualquier salvaje inmaduro, cretino y bestia, debería hacer si estudiaba en la Universidad de Salamanca, pertenecía a una hermandad y tenía tu edad. Solo que tú eras muy listo y pudiste completar tu empresa y a la mayoría del resto de la tribu le tocó volver a Zamora o alrededores sin un diploma abajo del brazo, argumentando que estudiar en la universidad no era un proyecto difícil y arduo, no apto para todos, sino que, por desgracia, no había habido suerte. Tú, Jon, regresaste a Zamora con dos diplomas, muchas ganas de trabajar y dispuesto a no repetir ninguna tontería. Nunca más.

Después hiciste lo que todo joven recién graduado Zamorano que se precie debe hacer: irse a Madrid. Echaste tu currículum en bancos, gestoras, financieras, empresas grandes, medianas y pequeñas y en todo negocio que precisase de un hacker de las finanzas y, sin mucho esfuerzo, encontraste trabajo en un Banco enorme, gigante: en el departamento de investigación; justo en la sección de predicciones.

Tu trabajo era crear modelos para determinar donde invertir el dinero de tus clientes; mejor dicho, el dinero de los clientes del súper Banco. Estos modelos trabajaban mañana, tarde y noche y movían el dinero de manera automática donde fuera más rentable en cada momento. En poco tiempo, tus modelos dieron buen resultado y empezaste a ganar gratificaciones, grandes primas y exagerados sobresueldos que, para qué nos vamos a engañar, no tenías tiempo de malgastar.

Como todo hijo de buen vecino que se precie compraste al banco una vivienda embargada en una subasta apenas publicitada, a un precio ridículo, y la amueblaste para un posible futuro mientras seguiste dedicado al mundo de los modelos matemáticos financieros que hacían ganar dinero a tus clientes, al súper Banco y, de carambola, a ti.

Fue entonces cuando conociste a Elena, una chica a la que esos modelos y los bancos le interesaban lo más mínimo, una amiga de la novia de un amigo, un personaje de otra historia, que el azar cambió de cuento. Te enamoraste de ella como un perro de un hueso sin carne. Aunque la conociste en Madrid, Elena era también zamorana. Compartían ese extraño apego de haber nacido en el mismo lugar, de pertenecer a la Real Cofradía del Santo Entierro y de compartir veneradas tradiciones; aunque solo fuera una semana al año. Vivía muy cerca de la Plaza de la Marina y trabajaba de empleada en una tienda de ropa de una gran cadena. Elena siguió con su vida simple y ordenada en Zamora y tú, Jon, con la tuya estresada y matemática en Madrid. Pero el fin de semana escapabas por la nacional VI en tu Mercedes descapotable (aunque solo podías bajar la capota dos meses al año, en el mejor de los casos, sin helarte de frío) para pasar el fin de semana juntos. La relación progresó.

Cada uno sin saber demasiado del otro, disfrutasteis de una relación sin prisa, que terminó en noviazgo y compromiso. Elena se enamoró de ti. Le pareciste encantador. Hubo correspondencia. Tú también te enamoraste. Se volvieron locos uno por el otro. Se presentaron a vuestras respectivas familias y se estrenaron en eso de comer todos juntos los domingos. Ella nunca viajó a Madrid a verte. Tú ibas siempre. Pero, ya comprometidos, empezaron a pasar las vacaciones juntos en un país y en otro y Elena no tuvo más remedio que pasar por Madrid (en Zamora no hay aeropuertos), y dormir en tu cama, y desayunar en tu cocina. Se preguntó para qué tú querías tanta casa pero, por ahora, ése era tu problema y no el suyo, y todo siguió como si nada. Elena en Zamora. Tú, Jon, en Madrid.

Todo el mundo es culpable

El flaco encargado del "caso" aparentaba dudar hasta de su sombra. Cualquier encuestado parecía sospechoso. Hacía preguntas simples: ¿Conocía a la víctima? ¿Cuándo fue la última vez que la vio? ¿Cuál es su grado de parentesco con ella? y preguntas complejas: ¿Dónde estaba en el momento del suceso? ¿Cuál era su relación con la joven? ¿Por qué cree que iba a terminar mal?

Todo el mundo es culpable de la tragedia; por acción o por omisión. La culpa se reparte, aunque de manera desigual, en toda la comunidad. El problema del "detective" está en encontrar dónde se concentra. A quién o a quiénes le corresponde la mayor parte de falta.

Las preguntas no son directas, por mucho que parezcan. La verdad se oculta en los pequeños detalles, en lo no revelado. La virtud del detective es oír donde no se oye, ver donde no se ve, oler donde no huele. Su plan es la búsqueda de indicios, incluso donde no los hay. Buscar, descartar, encontrar. El flaco era una especie de sabueso nutrido por un saco de horrores desperdigados en el tiempo y el espacio. Los patrones del horror parecen inescrutables; pero son como los seres vivos: comparten genes, enzimas, silencios. El flaco compara en su memoria, corrobora los hechos, lee los rostros, escucha con atención el movimiento de las pestañas, el aleteo de las mariposas, cualquier cosa que pueda llevarle al origen, al ojo del huracán.

Todos en la villa parecen inocentes. Todos en la villa parecen culpables. El flaco es como un director de teatro que les pone en marcha para volver atrás; a un tiempo y lugar imaginario. Él no tiene prisa. Graba las entrevistas con su teléfono. Toma notas inteligibles. Hace fotos por todas partes. Se mueve con torpeza y lentitud. Llega siempre en horarios distintos, hace su extraño trabajo, y se marcha sin que nadie pueda intuir cuándo será la próxima visita, ni quién será el siguiente señalado. Cuando la villa estaba a punto de acostumbrarse a él, el flaco se dirigió a la casa de la bisnieta de Quiroga. Era su momento.

Eva preparó un café que a él le pareció delicioso. Se sentaron en la amplia estancia que hacía de salón; llena de aire y luz y hablaron en voz baja y delicada. Él estaba al corriente de su llegada y de su pasado, de sus oficios y de sus negocios, de su conexión con aquel lugar, de su ubicación el día, hora y lugar del suceso, etc. Después de los prolegómenos llegó el plato fuerte.

–¿Tiene usted un inquilino?

–Si, le alquilo la casa de al lado.

–¿Sabe usted algo de él? –Eva no supo qué responderle. Sabía que su nombre era Jon. Sabía que venía de Madrid. Sabía que no tenía idea de qué tiempo se iba a quedar. Sabía que le había paralizado en el único contacto físico que habían tenido. Sabía que pagaba con regularidad y puntualidad. Sabía que era invisible. Sabía que parecía un zombi. Pero se preguntaba cuáles de aquellas respuestas eran objetivas y cuáles subjetivas. Se preguntaba cuánto podría beneficiar al detective que fuera objetiva y cuánto podría perjudicar a Jon que fuese subjetiva. Sabía que aquella pregunta llevaba implícito el hecho de que ella no conocía lo suficiente de él–. ¿No me dice nada?

–Si, estoy pensando qué puedo decirle… que pueda servirle –así que se limitó a contar lo que ella consideraba más objetivo y que el flaco ya sabía. En verdad Jon era un ser desconocido y raro; sin embargo, nunca le tuvo miedo. Ni siquiera cuando vio las gomas de su bicicleta sintió miedo. Solo duda y estremecimiento.

–¿Eso es todo?

–Si, supongo que si. En realidad solo le he visto una vez. Yo entraba a mi casa. Él salía a la calle. Las casas, aunque comparten jardín, tienen entradas principales diferentes; pero la calle es única. Fue un encuentro inevitable. Iba con una bicicleta.

–¿No le parece extraño?

–Aquí todo es extraño. Vengo de un mundo muy distinto donde la mayoría de la gente vive con las puertas abiertas, metidos en las casas y los chanchullos de los demás. Aquí todo es diferente. Me estoy adaptando. Yo también soy muy solitaria y tímida. Aunque supongo que hay personas que son más solitarias y tímidas que yo –dijo y sonrió por la ocurrencia.

–¿Le pareció ver algo extraño en su bicicleta? –podría decir: «ya que la menciona», pero lo dejó ahí; como si tuviera un sexto sentido. Eva se puso pálida.

–Si. He oído que se encontraron huellas, al lado del cadáver, de ruedas gordas. Su bici tiene ese tipo de ruedas.

–Son ruedas de montaña. Todas las bicis aquí tienen esas ruedas, excepto la suya –Eva sintió que estaba desnuda ante un desconocido aireando sus intimidades. ¿Cómo podía saber este hombre que las ruedas de su bicicleta eran estrechas? La verdad, era de esperar; en definitiva, era una novata rural con todas sus consecuencias. ¿Cómo iba a saber que allí eran más apropiadas ese tipo de ruedas gordas? En realidad su bici era incómoda, pero tampoco podía imaginar el concepto de bici apropiada, mucho menos confortable–. Me refería a si había notado algo extraño como radios rotos, manchas, algún elemento en falta.

–No… eso fue lo único que en realidad me llamó la atención. Aparte de no verlo nunca, claro.

–Muchas gracias por su atención y por su sabroso café –le dijo poniéndose de pie–. Por ahora eso es todo. Gracias.

Cuando el flaco se fue, Eva se percató que la entrevista no había sido sobre ella, sino sobre Jon. El hombre tenía un sospechoso.

No hay sitio para tres

Segundas partes nunca fueron buenas. Eso dicen. Pero tú, Eva, degustabas cada minuto con Luis como si fuese el último. Habías descubierto una vida maravillosa dentro de otra, como si las vidas fueran cebollas de un multiverso infinito y desconocido. Tu infancia fue aburrida. Tus padres te vestían como a una antigua niña de catálogo. Tu madre cosía la ropa y la inarmonía de las telas y texturas disponibles te daban un toque posmoderno que supiste valorar y explotar; tanto, que todavía lo haces.

Ahora te coses tú, te diseñas tú, te vistes tú. Eres un ser encantador, frágil y extraño que vive en un infierno de brutos. Tu niñez fue rica y tu adolescencia docta. Tragaste como una aspiradora intelectual cuanto libro pasó por tus manos: Dickens, Salgari, Verne, Tolstoi, Dostoyevski, Whitman, Twain, Pérez Galdós, Dumas, Hugo, Hemingway, Poe, Scott Fitzgerald, Salinger, Asimov, García Márquez, Cortázar, Melville, London, Carver, Vargas Llosa, Carpentier, Fuentes, Neruda, Mistral, Rulfo, Borges y un largo etcétera de autores al que se sumaban libros imprescindibles como *El origen de las especies* de Darwin, los *Principios matemáticos de la filosofía natural* de Newton, *Los elementos* de Euclides, y tantos otros de filosofía como la *Crítica de la razón pura*, de Kant. Eras una niña bitonga y culta. Admirada por tus padres, repudiada por algunos de tus profesores y aceptada por tus compañeros por esa extraña empatía que heredaste de tu abuela materna. Eras la niña que cualquier familia quisiera tener en su casa. «¡Qué buena te salió», solían decirle a tus padres; como si la educación fuese cosa del destino.

No fumaste. No bebiste. No trasnochaste. No seguiste a la tribu. No eras nadie en aquella generación del hombre nuevo. Solo un ser extraño extraído de un tiempo muy remoto: una mancha monocromática en medio de tanto color. Pero tú eras feliz. Sabías lo que querías y no te dejaste llevar. Siempre fuiste tú; incluso cuando conociste a Luis.

Luis no tenía ni un solo libro en su cabeza. Ni siquiera los textos obligatorios de Lorca, Cervantes, Galdós, Martí. Nada. Su cabeza estaba limpia de cualquier polvo o paja intelectual. Luis nació para el deporte. Era un buen atleta. Tenía cuerpo de toro, pensaba como un pez, se movía como un lince y hacía proezas de Hércules; aún cuando no sabía qué era la mitología y donde quedaba Grecia. Luis era tranquilo, apenas hablaba y, en consecuencia, podía acompañarte a cualquier lugar sin desentonar. Dejaba la duda en el aire; pero su afabilidad y servilismo anulaban cualquier ataque erudito, presuntuoso o farandulero. Era un buen necio.

Jesús te elevaba. Luis te aplastaba. Tú en medio de ese exótico sándwich. ¡Estabas encantada! ¿Qué más se podía pedir? Satisfecha en lo elevado y en lo bajo, en lo limpio y en lo sucio, en la enfermedad y en la salud. ¿Cómo te lo pasabas? Jesús admitió su derrota. No había nada que hacer. Pero aprendió a querer a Luis sin desearlo. Era como tener una mascota en casa que le hacía la vida más llevadera. Luis el guardaespaldas, el arcaico, el simple. Él ni siquiera apreció la victoria. Para ti fue más fácil. Nunca jugaste, ni juzgaste, ni mucho menos interviniste. La cabeza de Luis era cosa de Luis. Al final, Eva, tu ponías la cabeza y Luis el cuerpo. Se cerró tu círculo. Estabas realizada.

Alguna vez compartieron la cama los tres. Tú en el medio, como el kétchup y la mostaza. Pero pronto Jesús se mudó al salón. Consiguió unos tapones. Se enterró en el silencio. Se deprimió y, por último, se fue. Tú lloraste. Mucho. Muchísimo. Con Jesús se marchaba la mitad de una vida que una vez fue toda. Era tu amado, tu confidente, tu ser especial. Pero él se sentía humillado y fuera de lugar. Terminó mudándose aunque no desapareció. No sirvió de mucho el traslado. Te extrañaba, se desangraba sin ti, le faltaba su otra mitad. Pero no había sitio para tres. Así empezó la segunda parte, el siguiente capítulo de tu vida, a medias.

El amor eterno dura 3 meses

Para el escritor Frédéric Beigbeder *El amor eterno dura tres años*. Luego, o antes, quien sabe, los musicómicos Les Luthiers redujeron la duración a tres meses. Supongo que un matemático diría: en el intervalo entre tres meses y tres años (mayor o igual que tres meses, menor o igual que tres años) y la estadística agregaría un margen de error, según la población encuestada. Quizá no es el amor, sino la pasión, la que dura tan poco; porque es difícil imaginar una vida entera sin amor. Sin amor no es posible aguantar a nadie y cuando desaparece la taquicardia, la obsesión, la novedad, se trata más bien de superar el umbral de soportabilidad de la otra parte. Sin amor es imposible la rutina. Al principio hasta te daba gracia cómo roncaba Luis. Sentías ternura por lo básico que era: tu pequeño Hombre de Cromañón. Sentías piedad cuando hería al diccionario. Todo lo superaban sus besos con esa enorme lengua que era capaz de cubrir todas tus pecas a la vez, de engullir tu vulva y regurgitarla; sus brazos de pulpo que te abrazaban y calentaban, la enorme valla de seguridad que te protegía. Y esa sonrisa, esa risa sexy que proyectaba sus ojos verdes como la luz de un semáforo que invita a pasar. Luego el silencio.

No tenían nada de qué hablar. La pelota, el judo, el boxeo eran deportes que estaban fuera de tu diccionario cuando lo conociste. Desconocías sus reglas y te extrañaba la pasión que levantaban. Ninguno de tus amigos fue a gritar jamás al parque central para defender a un *pitcher* de un equipo o de otro. ¿Era el *catcher* el que lanzaba o el que se agachaba? A Luis le hizo gracia al principio. ¡Eras tan ingenua! Luego le pareciste tonta. ¿Cómo es posible que no sepas que el *pitcher* es el que lanza en el deporte rey del país? ¿Cómo es posible que no sepas lo que es un *out*, o un jonrón? Eso ya es demasiado Eva. Jesús tampoco lo sabía. En tu mundo nadie sabía de esas cosas. En el mundo de Luis eran demasiado ignorantes.

¿Y la música qué? Mejor no hablar del tema. Para Luis, Chopin era una tienda con los precios en dólares y aire acondicionado. Para ti, Tosco era un pensamiento con tufo a rebaño. En definitiva, salvador y salvada, pusisteis en duda el margen de error estadístico de los tres meses. Sobrepasados los dos, el calor era más caluroso y la oscuridad más oscura. ¡Qué días tan cortos aquellos con Jesús! ¡Qué días tan largos aquellos con Luis! Sin embargo, Luis no dimitió y tú sentiste pena. En definitiva, él no tenía la culpa de ser tan simple y tú, Eva, de ser tan compleja.

Se dieron un plazo de otros tres meses, una prórroga. Luis te la concedió porque además de entender la palabra, jamás había palpado algo tan delicado, jamás había sido dueño de nada, jamás había comido con tantos cubiertos sobre la mesa, ni en compañía de nadie, ni había oído cosas tan extravagantes. Tú Eva, se la concediste porque jamás habías disfrutado algo tan salvaje y exótico, jamás habías sido de alguien, jamás habías probado la almendra, ni el coco, porque nunca supiste como reducirlos, ni habías oído cosas tan extravagantes. No más pelota, ni ballet. No más judo, ni música sinfónica. No más boxeo, ni literatura. No más bella y bestia.

El cisne rojo

El azar es accidentado. El futuro puede ser predecible cuando el modelo es capaz de prever lo que sucederá. Metes una cosa en el programa hoy y salen cosas que pasarán de aquí a tres días, en una semana, en un mes o un año. Eso hacen los especuladores con la ayuda de los *hackers*. Acceden a información privilegiada y utilizan procesos que pretenden estimar lo que ocurrirá para aumentar sus beneficios. Se pueden permitir pequeñas pérdidas. Cuando se diversifica la apuesta, los pequeños fallos son absorbibles. Es parte del juego. Crees que en realidad no estás tirando a los dados, pero te equivocas: los dados caen por todas partes. Todos los miembro del selecto club los mueven entre sus manos y los lanzan con los mismos movimientos todos los días, a todas horas. Al final los modelos y los chivatazos son los mismos.

Jon, tuviste tu primer accidente al elegir, por error, un parámetro y no otro. Los modelos tiran miles de dados, que recopilan desde bases de datos, desde los teclados de esas anodinas terminales y desde generadores de azar. Hay fuentes legales y piratas, éticas e inescrupulosas; aprovéchese quien pueda. La información es negocio. Hay datos que influyen más que otros; así que se debe tener mucho cuidado. Después de varias noches durmiendo poco y con mucha presión vienen los descuidos. Jon, ordenaste al modelo que tomara un dato en lugar de otro. Eso no se puede hacer. Es un lujo que no te puedes permitir. Tu error llevó, en menos de unos pocos segundos, a unas pérdidas de más de doscientos mil euros: el valor aproximado de una vivienda pequeña en el centro de Madrid.

Tuviste escalofríos, nauseas, insomnio. Tu trabajo consiste en jugar con dinero de otros para hacerles ganar más; no para hacerles perder. Eras una mezcla de gallina de huevos de oro, *broker* científico y *hacker*. No de los que aparecen en las películas de bolsa gritando histéricos y gesticulando con gestos anormales, ni de los gorditos con gafas en sótanos oscuros apagando ciudades y robando información a los poderosos. No eras Robin Hood. Tu trabajo en silencio, en la más absoluta discreción, produce pingües beneficios si el modelo se comporta bien; pero tu lucha, tu principal guerra, es buscar datos que otros no tienen, y cambiar procesos en el modelo que otros no sepan cómo, pero que funcionen. Nada fácil. Lo único que se espera de ti es que no te equivoques. La máquina hace lo que puede, pero tú tienes que hacer lo que debes. El error, Jon, debe estar siempre bajo control. Pero ¿es eso posible? ¿Es posible ganar sin riesgo?

Tú entendiste que el mundo no es lineal. Las relaciones causa-efecto son desequilibradas. Un poco más de error recibe mayor castigo. Un poco más de acierto recibe menos premio. Nada proporcional. La vida no es proporcional. Unos viven con mucha menos suerte que otros. La riqueza no es proporcional. Unos pocos acumulan todo el dinero que otros muchos no poseen. Aquí pasa lo mismo.

Nassim Nicholas Taleb cuenta, en su libro *El cisne negro*, la vida de un pavo, para el que todo es confortable. Come bien todos los días. Nadie le molesta. Su única misión es pavonearse y engordar. No tiene ninguna razón para pensar, si pudiera, que algo pudiera cambiar. Sin embargo un día, el hombre que le alimenta no viene con comida, sino con un hacha. Y, de repente, la vida cambia para el pavo y termina sin plumas, ni cabeza, dentro de un horno. Un día, todo lo que funcionaba de una manera lo hace de otra y el pavo entiende, de golpe, que el mundo no es proporcional. Ese día puedes perder todo lo que habías ganado durante años. De alguna manera Jon, tú trabajabas en una granja de pavos que vivían pavoneándose sin preocupación, sin imaginar que un hacha rondaba sus cabezas.

Los cisnes negros no existían. Nadie había visto uno hasta que conquistaron Australia, pero habían estado allí toda la vida; solo que no habían sido descubiertos. Ese es el peligro en tu mundo, Jon. Nadie sabe cuándo aparecerá un cisne rojo, por mucho que no quede tierra por descubrir.

La estupidez desordena

Ese día, Eva, llegaste tarde a casa. Muy tarde. Luis estaba despierto. Insomne y furioso. Le explicaste, con todas las molestias que exige dar explicaciones, con toda la humillación que supone rendir cuentas superfluas, con toda la paciencia que fuiste capaz de invocar, el gran desastre que había sido tu día. Un importante cuadro de la colección; uno de esos grandes, enormes, únicos, de los que el Museo se siente orgulloso; un cuadro antiguo, irreemplazable, era sospechoso de ser una gran falsificación. ¡Un gigantesco fraude!

Luis sabía lo que era ser falso: comportarse como quien no eres, pero no lo que era una falsificación de arte. Tú lo leíste en su cara desconfiada, en sus facciones carentes de reflejos neuronales; pensaste que no era posible. Tuviste ganas de echarlo a patadas de tu casa y de tu vida, pero no lo hiciste. Se lo explicaste y él hizo un gesto de haber entendido, puso una mueca de asombro más burda que la presunta falsificación y mientras pensó que era la peor excusa que había oído para justificar el regreso del cuerpo de otro hombre. Te confundió. La estupidez desordena.

Se le atribuye al periodista y escritor alemán Kurt Tucholsky (alias Kaspar Hauser, Peter Panter, Theobald Tiger e Ignaz Wrobel) la frase: "La ventaja de ser inteligente es que así resulta más fácil pasar por tonto. Lo contrario es mucho más difícil". Pero lo contrario, Kurt, es imposible; sino que le pregunten a Luis. Tu Eva, te enfadaste. Llamaste a Jesús. Puso el grito en el cielo. Le explicaste agitada. –Se sospecha que el cuadro colgado es falso. Hoy alguien se dio cuenta que desapareció un detalle del lienzo que está en el catálogo. ¿Te imaginas? La pintura no se borra así como así. Pero si lo cambiaron, ¿cómo lo copiaron? ¿Cómo lo desmontaron? ¿Cómo montaron el fraudulento? ¿Cuándo? ¿Por qué nadie se enteró hasta hoy?

Tu cabeza iba más rápido que un ciclón y la de Luis tan lenta que todos los trozos de palabras que conseguía alcanzar solo formaban un batiburrillo inconexo y extravagante. Luis se ofendió. Le estabas tomando el pelo. Te burlabas de él en su cara. Te la pasaste en grande con tu querido y montaste el teatro culturoso para escaparte. Se fue con un sonoro portazo. «¡Me voy!». «¡Que quede claro!», por si no había sido suficiente expedito.

No podías más. Suplicaste a Jesús que viniera y él lo hizo. Volvió a ti tan pronto pudo. Te preparó un baño. Te hizo un té y te escuchó atento; interrumpiendo solo con unas interjecciones imposibles de evitar. Cuando te desahogaste volviste a llorar, pero esta vez las lágrimas no salían a tropel, sino a ráfagas. Tu llanto era nervioso, histérico. Tuviste un ataque de pánico. Jesús te preparó una valeriana doble. Estaba asustado. Parecía que te daba un infarto. Te hizo bebértela, te cubrió con una colcha y abrazó tu cuerpo en la cama hasta que todo pasó un cuarto de hora más tarde. Vuestras almas resonaron, como en los viejos tiempos. Todo pasó.

Jesús se quedó a dormir. Acurrucado en ti y tú en él. –Estas cosas pasan a veces Ev –te murmuró en voz baja–, no se porqué te ha afectado tanto. –Porque sospechan de mí –respondiste.

La sospecha

La sospecha. Con ese título deberían escribirse miles de libros y rodarse cientos de películas; quizá ya existan. Incluso deberían de cantarse otros tantos boleros y canciones. La sospecha es una flor que germina sin semilla. Sospechar es desconfiar. No hacen falta motivos. Es más fácil pensar mal, que pensar bien. "Piensa mal y acertarás", dice el refranero popular. La sospecha es paranoide. Desconfiar por costumbre y ver en el otro a un posible enemigo, exige mucha energía. Pero aquí todos somos sospechosos, el sistema es paranoide. Todos somos Judas; incluso, cuando se demuestre lo contrario. Alerta permanente. Oh, Villena, la pupila insomne y el párpado cerrado.

Tú, Eva, deberías estar tranquila. Eres curadora. Jamás has tocado una obra. Solo miras y ordenas colocar las piezas donde mejor encajan. No eres custodio, no eres policía, no eres directora; ni siquiera eres de ese departamento. Solo eres un pequeño koala asustado ante la magnitud del atrevimiento. Si esto pasa, ¡¿qué más puede pasar?! ¡¿Qué no ha pasado ya y no nos hemos enterado?! Sospechar por sospechar es estúpido. Es la técnica básica de Montecarlo. Dispara, apunta dondequiera, es lo de menos. Dispara y acertarás. Si no, barre los efectos secundarios. Es el menor de los problemas. Todos somos efectos secundarios: a corto y largo plazo, accidentes colaterales de la paranoia, a la vez que materia prima abundante y barata, ratones de laboratorio que no saben nadar o no quieren.

Luis también sospecha de ti. ¿Por qué? Porque la sospecha es necia. Solo hace falta una idea peregrina para alimentarla, un signo mal descodificado. Tú eras suya. Le ofreciste pertenecerle desde el día que te salvó. Eras su esclava voluntaria, tu propia ofrenda. ¿La religión? Quizá. Venir a Cristo es rendir con gusto corazón, mente y voluntad, la persona completa, al Amo. Cristo es tu salvador. Luis es tu salvador. Tú la esclava. Sadomasoquismo con límites supuestos y no pactados de antemano. Tú finalidad no es el sufrimiento, ni la degradación, sino el goce. Pero Luis ha leído mal las señales. Es un neófito de tus reglas semiósicas. Se pasó y no estás dispuesta a aceptarlo. Tu esclavitud es otra.

Pasan los días. Echas de menos sus ojos verdes, sus brazos musculosos, su verga incansable; mientras, respondes interminables interrogatorios en las oficinas del museo. Tu vida en el purgatorio duele, quema, asfixia. Pero ahí está Jesús para hacerla más llevadera y Luis para hacerla más intolerable. Jesús te acompaña y limpia tus heridas con su inteligencia y sensibilidad. Su amor platónico es satisfactorio. Es como si perdieras medio cuerpo y recuperaras media cabeza. Luis te abandona y rocía tus heridas con alcohol y colillas de cigarro. Pasan los días, llueve, arde. Todo se moja, todo se seca. Todo se ilumina, todo se oscurece. Por fin te dejan en paz. Tú no serías capaz de falsificar nada. Seguirás siendo sospechosa, ya lo eras antes, aunque no fueras consciente de ello, pero de baja intensidad. Para ellos eres poca cosa, una simple bitonga que entiende de espíritu.

Un día Luis vuelve. Te ve al lado de Jesús, en la más absoluta tranquilidad de un mediodía. Comprende su error. Eres poca cosa para él, una simple bitonga que entiende de ilusiones. Tú no serías capaz de traicionar a nadie. No serías capaz de herir, aunque sí de inmolarte. No serías capaz de sospechar, sino de perdonar. Ya no eres su esclava, pero él siente que le perteneces.

La sospecha no descansa

La sospecha no descansa. Se pone en modo hibernación, de bajo consumo, pero no se apaga. Tú lo sabías Eva. Después del incidente, fuiste consciente que incluso demostrando lo contrario, incluso cumpliendo con tu deber, incluso comportándote como una imprescindible, no eras más que una idiota. Un simple peón en un juego donde siempre gana el Rey y los caballos, los alfiles y las torres zurran, persiguen y confinan al peón. No te queda otra que ser un peón lo más invisible posible. Ese que está siempre en una casilla desde donde es imposible amenazar o hacer daño, donde no se note.

Todo regresó a una normalidad incómoda. Todo parecía seguir igual, pero ya nada lo era. No eras feliz. Así que reclamaste el regreso de Jesús. Tu vida no era nada sin él. Luis no veía peligro. La estupidez es infinita. Él era un machote. Jesús solo era una niña incompleta embutida en un traje masculino enorme. Dio su aprobación sin rechistar. Jesús aceptó el sacrificio. Él vivía roto entre la tristeza de no tenerte y de pertenecer a cuerpos incógnitos, volátiles, infraganti.

Jesús volvió. Cambiaron la casa para vivir los tres en dos espacios: uno elevado, otro profano. Dos mundos comunicados, pero bien delimitados. Encontrasteis el punto de convivencia. Luis sentía celos de Jesús. Veía como te rendías a sus pies en cada conversación: te entregabas, le acariciabas, le adorabas. Le dabas toda tu alma. Pero se sentía ganador de su absurda batalla cuando te sometía en la intimidad. Le dabas todo tu cuerpo. Le satisfacías sus instintos más básicos y primarios. Eso para Luis valía su peso en oro. Era el puto amo.

Casi un año después de aquel incidente de la falsificación, todo seguía sin aclararse. Si no fuera por el materialismo dialéctico tendrían que haberle concedido al acontecimiento la categoría de milagro. La intensidad de la investigación bajó. Al final se adaptaron al nuevo original en el más estricto silencio; incluso, en una reunión del partido, se propuso la iniciativa de pintar lo que faltaba para encubrir el fraude.

A ti te cambiaron de proyecto. De atender a aquellos héroes que se ufanaron en pintar bien pasaste a los anti-héroes que se esmeraron en criticar mejor. De la modernidad pasaste a la posmodernidad; donde ya de por sí la verdad y la falsedad convivían sin problemas conceptuales aunque no ideológicos. Tus "nuevas salas muertas", como te gustaba llamarlas, eran más bien un muestrario de asesinatos. El problemita que parecía insoluble se despejó como en el dominó: repartiendo fichas. Todo el personal revuelto y desconectado era más vulnerable y controlable. Al director le ascendieron a un puesto en el Ministerio de Cultura y a una de las subdirectoras le coronaron como directora. Fácil.

Fue ahí cuando ganaste una beca para un curso de curaduría en el Museo Nacional Centro de Arte Reina Sofía, en Madrid. Te emocionaste, te felicitaste de ganar algo por ti misma, gracias a ti misma. Pero el éxtasis duró poco. Al museo le pareció oportuno enviar a tu tocaya Eva; recién graduada, recién colocada en tu antigua colección, recién conocida por sus escarceos con el antiguo director, ahora en otra altura del escalafón burocrático. No les tembló el pulso. No eras imprescindible. Si saliste a las dos de la tarde a buscar ese fax al Lam fue porque quisiste. ¿Quién te manda? Total, la exposición no se hizo. Pretextos sobraban y voluntad faltaba. Te sacaron el bombón de chocolate de tu boca para meterlo en otra. Nadie aplaudió. Todos callaron. Se hizo un completo silencio, bochornoso, asqueroso, pestilente, visible.

Jamás en tu vida habías pasado tanta vergüenza propia y ajena, al unísono. Jamás te habías sentido tan miserable. Todas las fantasías de acercarte al Guernica de Picasso se desvanecieron en la más absoluta indefensión y desamparo. Todos tus sueños de vivir Madrid, de salir de la Habana, se esfumaron en la peor pesadilla. Para colmo te exigieron que le asesoraras. Esa fue la denigrante tarea revolucionaria que te asignaron. Para Cuba no era una cuestión de méritos, sino de autoridad. Para España solo era un trueque de apellidos. No era la primera vez que lo hacían. No sería la última. España otorga las becas, pero Cuba quiere decidir a quien se las da. Cuba a veces gana, raras veces pierde. Así, adolorida y resignada te limitaste a respirar. Fue entonces cuando Luis te pidió matrimonio.

Tú no matas ni a una mosca

Se podría decir que Chus era lo más parecido a una amiga para Eva en aquella villa perdida. Con ella compartía sus pequeños negocios, comía a menudo, tomaba té y hablaba del tiempo: del presente y del pasado.

Nadie quería mencionar el "suceso", pero pocos podían evitarlo. Nadie conocía de verdad a aquella muchacha. Todos parecían tener la misma opinión. Todos parecían tener la lengua sucia por los mismos prejuicios. Todo seguía oscuro, oculto, sospechoso. Pero nadie tenía la menor idea de nada. Eva se atrevió a comentar con Chus el contenido de su entrevista.

–¿Crees que debería preocuparme? ¿Crees que deberíamos cancelar su alquiler? –preguntó sin más preámbulo. Chus lo pensó dos veces mientras abrillantaba un vaso.

–A lo mejor si. A lo mejor no –respondió y Eva no sabía a cuál de las dos preguntas correspondía cada una de las respuestas–. No se, no creo que Jon sea un asesino.

–¿No te parece que es demasiado raro? –pero claro, allí todos eran demasiado raros.

–Tú también eres rara.

–¡¿Yo?!

–Si, tú… y yo. Todo el mundo es raro –dijo sonriendo–. Hasta el mundo mismo es raro. Yo lo veo casi todos los días. En esa casa no hay nada raro que merezca la pena contar. He visto cosas mucho más extrañas. Ese chico huye de algo. No se de qué, pero es como un animaliño horrorizado. Conmigo es amable. No te mira a la cara cuando habla, ¿sabes? No. No te mira, pero creo que es porque se siente insignificante, miserable.

–¿Miserable?

–No se, a lo mejor no es la palabra más adecuada. Inferior, eso es. Inferior. Creo que se siente inferior.

Eva sabe lo que es sentirse inferior: menos que algo, menos que todo, menos que alguien, menor. Ser inferior no es ser menos que nada; es sentirse menos que nada. Sabe mejor que nadie lo que es sentirse pequeña, mínima, insignificante.

–¿Por qué crees que el investigador me preguntaba sobre él?

–Porque eres su casera.

–¿Por qué no me preguntó sobre mí?

–Porque tú no matas ni a una mosca. Jon es el último mono, el más raro, el extraño, en este lugar donde ya de por si todo es extraño.

Eva quedó pensativa. «No matas ni a una mosca». ¿Debería alegrarse o alarmarse? Chus nació allí, vivía allí y quizá moriría allí. ¿Cómo podía decir que el pueblo era «extraño» si no conocía nada más? ¿Cómo podía estar tan segura? Pero ella seguía secando sus vasos con el trapo y pensando que Eva nunca les comprendería del todo. Las dudas pueden ser razonables, pero también infundadas. La desconfianza es así, empieza por el eslabón más débil, por el último de la fila, por el recién llegado, por el último mono. Eva estaba a salvo. Ni siquiera era una mosquita muerta. Chus estaba tranquila. Demasiado tranquila.

Daños colaterales

Después del accidente, Jon, te empapabas de sudor antes de empujar con tu dedo índice la tecla que lanzaba la orden: *run*. Tenía que ser con el índice; cualquier otro dedo traería, sin duda, mala suerte. ¿Qué podía estar mal? El pánico inmovilizaba tu largo dedo y le obligaba a temblar. Nadie podía estar a menos de un metro tuyo, mucho menos mirando por detrás. La orden debía ejecutarse en el minuto exacto, cuando el minutero cayera en el 12.

Elena vio como empezó a caerse tu pelo, como dejaste de morderte las uñas para arrancarte los dedos. Tus ojos parpadeaban sin control, tu cerebro dejaba de entender lo que le decían por mucha concentración que pusieras. Tus intestinos se desangraban en diarreas. –Estrés –determinó el médico. Necesitabas descanso, relajarte. Elena vio como el bromazepam del Lexatin te apaciguaba, aunque los temblores regresaban más o menos puntuales a la hora del pánico. Jon, te trasladaste a Zamora con una baja médica que duró casi un año. Fue allí, en la tranquilidad del Duero, de las calles familiares, los bares y cafeterías, las ruinas del castillo, las iglesias y monasterios, donde el tratamiento surtió efecto. Cuando te sentiste mejor te pusiste a escribir, preparabas la cena para los dos y seguiste entrenando tus impulsos piratas.

Eso es la felicidad. Eso es lo que se sabe cuando se pierde. Elena era feliz. Tú, Jon, eras feliz. Las amigas y los familiares de Elena, desconfiados desde siempre, empezaron a ser felices. Tú te curabas y Elena irradiaba algo inédito y extraño, que por muy raro que pareciera, indicaba estabilidad. No había de qué preocuparse. Todo estaba bien. Las flores olían como siempre, pero solo ahora eran conscientes de lo especial que eran sus fragancias.

Jon, tú querías escribir, ser escritor. Todo el mundo es, de cierta manera, escritor. Si corres todos los días eres corredor. Si lees mucho y escribes a menudo, eres escritor. Te lean o no. Todos tenemos la capacidad de escribir. Nos enseñan a leer y escribir, quieras o no. Sin embargo, escribir es una cosa y ser escritor parece otra. Al menos eso crees, Jon, y te preguntas si algún algoritmo puede hacer el trabajo por ti. Por el momento solo quieres ser escritor, pero no tienes nada sobre lo que escribir, nada que decir, así que tienes que esperar la llegada de las musas y las musas no suelen dar paseos por ahí, a ver quien las saca a bailar; hay que buscarlas, seducirlas y amarlas.

Una boda gris

¿El amor propio y la autoestima son sinónimos? Da lo mismo. Jesús decía que te quería. Luis decía que te quería. A ti, Eva, se te olvidó lo que era quererte. Dejaste de quererte y, cuando no te quieres tú, que te quieran otros no sirve de nada. Al físico y astrónomo Georg Christoph Lichtenberg se le atribuye la frase: "Amarse a sí mismo al menos tiene una ventaja. No hay muchos rivales". Habría que ver en qué contexto le vino la ocurrencia a Georg, menor de diecisiete hermanos. A él también se le atribuye el aforismo: "El americano que descubrió a Colón hizo un pésimo descubrimiento". Quizá él se amaba a sí mismo. Era más fácil que competir con sus hermanos por el amor de su madre. Pero tú no. Tú aguantabas cosas que nadie en su sano juicio aguantaría. Tu autoestima estaba enferma.

Con tu doble en Madrid y tu sombra escondiéndose de ti, no eras más que una muerta viviente programada para hacer deberes: fotografiar, copiar, observar, no hablar, cocinar, copular, dormir, despertarte… y así, una y otra vez, día tras día. No eras tú la que se alimentaba de Jesús o conseguía un orgasmo con Luis adentro. Era la sombra de tu doble que se fue a tu beca. Era un proyecto de espectro sin perspectiva, una desilusión. La autoestima siguió bajando. Nada parecía estar a la altura de cambiar las cosas. El robot siguió trabajando y respirando; cada vez más decaído, triste, agotado, angustiado y falto de interés.

Es posible que fuera la vileza con que truncaron tu futuro, pero quizá no se tratara solo de tu futuro y aquel hecho no era más que una prueba de un eterno presente de desesperación y tedio. No dependía de ti. Tu parte funcionó. Era el contexto, con el que habías tenido una relación lejana, quien se acercó a ti por error y te estropeó la vida. Te marcaron. Hicieron una cruz en el expediente de tu existencia. Te señalaron. Tu recorrido, nada más empezar, había acabado. No podías verlo con claridad, pero lo sentías. Las bacterias que inocularon en tu inmaculado cuerpo, suave y blanco impoluto, eran impunes. Actuaban con el beneplácito y la autoridad del totalitarismo. No podías quejarte, ni redimirte, de lo que no habías hecho. ¿Cuál era tu delito? Caer en desgracia. No está tipificado por el código penal, pero es fácil imaginar cómo funciona. La persona que cae en desgracia no puede disfrutar, ni ejercer con libertad, sus deberes, mucho menos sus derechos. Es lo más parecido a estar preso en la prisión de tu cuerpo. Ese aislamiento involuntario a veces perjudica al alma. Es un efecto secundario para el que no existe remedio.

Cuando Luis te pidió matrimonio, ni siquiera dijiste si. No tenías fuerza, pero el silencio otorga. Él decía estar enamorado. Con eso bastaba. Lo demás era cosa de tiempo. Debías confiar en que todo se solucionaría. Jesús tampoco dijo nada. «Quizá», pensó. Él también se hubiera casado contigo, si esa fuera la instrucción que sacara el robot instalado en ti del modo hibernación. Él incluso hubiera hecho mucho más; lo que hiciera falta. Habría hecho brujerías, exorcismos, rodamientos de cabeza, mutilación de genitales, baño con tiburones salvajes, baile con leones hambrientos, excursiones en paracaídas. Todo. Así que tampoco dijo nada.

Se casaron en una oficina destartalada de la calle Prado, justo al lado del ostentoso Palacio de los Matrimonios. Una boda por lo civil con dos únicos testigos: Jesús, por ti, y un tal Orlando, un absoluto desconocido que pasaba por ahí, por Luis. Su testigo no llegó y no quiso posponer la oportunidad. Se casaron vestidos como cualquier día: tú formal, Luis informal. Apenas hubo sonrisas. Quizá la funcionaria pensaría que lo hacían para cubrir un inoportuno embarazo o cualquier otro trance embarazoso. Fue una boda triste. La luz que irradiabas se estaba apagando y la de Luis no alcanzaba para un apagón de esta magnitud. Fue una boda gris.

Total, ya estaban muertos

¿Cuál es la banda sonora de la soledad, la angustia, la tristeza, la traición, la desolación? ¿El bolero? ¿El filin? ¿En qué se diferencian? ¿En la fuerza de meter el dedo en la llaga? ¿En la profundidad de la herida? ¿En que el bolero se puede bailar y el filin se puede sufrir? ¿En que el bolero es más de grupo y el filin más de trovador? ¿Quién sabe? La banda sonora de la desesperanza es compleja: aja el corazón, lo estira, lo hunde en el vientre, lo trae a la garganta, lo escupe por la boca, lo llora. "Bendito Dios porque al tenerte yo en vida, no necesito ir al cielo si tú, alma mía, la gloria eres tú"...

Tu Dios murió, Eva. Hace muchos años dejaste de ir a la iglesia, pero no perdiste la fe. Creías de una manera *light*, quizá más fiel a los evangelios, que lo que la mayoría de la gente que va a misa cree. Tenías fe en el hombre. En Jesús de Nazaret. Creías en el hombre bueno. Nunca fuiste radical y mucho menos proselitista. Por eso nunca has podido ser jefa de nada. No tienes madera. Pero actuabas de buena fe, hacías buenas acciones y, sobre todo, no perjudicabas a nadie. Eras buena. Ahora también, aunque solo en teoría, en la práctica estás medio muerta. Más bien, te abandonaste a morir.

Jesús te consoló hasta donde pudo. La depresión es un agujero negro que termina por tragarse al universo si la dejan. Tú misma lo arrojaste de tu vida. Poco a poco, como cuando se te olvida regar las plantas, Jesús se fue marchitando hasta que se secó. Se deshidrató en el tiesto consumido por la resignación. Tú apenas te levantabas de la cama. Reaccionabas, no movida por un impulso vital, sino interpretando, como una máquina mecánica, una partitura a la perfección. Unas notas, un guion, que alguien escribió para ti. Un día, otro, otro… La vida se convirtió en una sucesión aburrida de amaneceres y atardeceres intrascendentes.

Luis no tenía suficiente sensibilidad para entenderte. Él se hubiera ido y punto. Era un atleta. Si no podía tirar el disco, saltaría las vallas. Era un hombre de soluciones, no de problemas. No puedes culparlo. Hizo lo que pudo. Alguna vez, ni siquiera regresó como de costumbre a casa y nadie le echó de menos. Ni siquiera tú le echaste en falta. A pesar de todo, para él también las cosas estaban cambiando. Hasta él se había dado cuenta de las consecuencias de vivir con un ángel caído en desgracia.

Alguien le comentó que había jugado a El Bombo, la lotería de visas para emigrar a los Estados Unidos. Se deben rellenar las planillas completas, incluyendo a todos los familiares, aunque no vayan a emigrar; pero solo se otorga al interesado. Él pensó que no era mala idea. Los treinta años no son la peor edad para dejarlo todo y empezar de nuevo en cualquier parte. No debía ser tan horroroso, a juzgar por los extranjeros que solías ver por la isla. Nunca habías pensado en semejante cosa, pero estabas harta de todo. Tú no tenía más familia que él y Jesús, pero Jesús ya no podía más. En cualquier momento tendría que cuidar de los dos. Tú, Eva, parecías sumergida en una piscina cubierta después de una inmersión con poco oxígeno. Solo era cuestión de tiempo que te ahogaras. No parecías tener la más mínima intención de pedir un *snorkel* o un aerosol. Aún te duchabas. Aún salías a trabajar todos los días. Pero cada vez comías menos. Estabas desconectada.

Luis te lo comentó. Apenas respondiste. Te preguntó si serías capaz de volver a ser feliz en este, tu país. No contestaste. El que calla otorga. No eras feliz. Ni volverías a serlo donde naciste: lo único que conocías. Sabías que tenías, o debías tener, parientes en Galicia. Tenías sus señas, pero no tenías ánimo para nada.

Si, a ti también te pareció buena idea. Al final, lo que empezó siendo un simple comentario, un tanteo, se convirtió en un plan recurrente. ¿Qué pasaría si…? Era como un juego. ¿Qué pasaría si tuviera un jardín? ¿Qué pasaría si pudiera salir de vacaciones? ¿Qué pasaría si pudieras tener las riendas de tu vida? ¿Qué pasaría si pudieras mentarle la madre al mismísimo presidente del consejo de estado y de ministros? ¿Qué pasaría si pudieras despacharte a gusto? ¿Qué pasaría…? Todos los días surgían nuevas preguntas y un montón de posibles respuestas.

Al final empezaste a jugar. ¿Qué pasaría? Poco a poco volviste a comer y a sonreír y a limpiar. Recuperaste la esperanza. Solo eso, empezó a sumar en tu química y a pelear con tus bacterias invisibles. Empezaste a hacer planes; simples, muy simples, geniales. ¿Qué pasaría si pudiera viajar? Esta pregunta fue la bomba. Fue el detonante que consiguió desenchufar al autómata. ¿Qué pasaría si pudiera estudiar lo que quisiera? ¿Qué pasaría si pudiera ver el Guernica de Picasso? Luis también estaba entusiasmado: ¿qué pasaría si pudiera tener un gimnasio?, ¿si pudiera trabajar de salvavidas?, ¿si pudiera tener un carro del año?… Poco a poco, lo que empezó como un sondeo tembloroso, se convirtió en vuestro secreto. Los dos decidieron arriesgar. Total, ya estaban muertos.

Un café menos dulce

El investigador tocó al timbre de Jon, justo mientras él buscaba a Eva por el filo del acantilado a través de las persianas. Por un momento le pareció que había sido descubierto; pero, al abrir la puerta, cambió de opinión: solo era aquel detective largo que investigaba sobre la muerte violenta de una chica de casi veinte años y no sobre su inusitado e inexplicable voyerismo.

Le invitó a pasar. Le ofreció una infusión: ¿té?, ¿café? El inspector prefirió lo último. Jon recordó ese olor tan aromático, que ahora reservaba solo para posibles visitas; el inspector también. A Chus le gustaba. Ella lo trajo y lo preparaba de cuando en cuando, cuando acudía a aquella casa alquilada por Jon. Estaba allí solo para ella, pero las cosas suelen tener varios usos.

El café de Jon no era tan dulce como el de Eva, pero el flaco agradeció el gesto. Se colocaron en el diáfano salón. Sacó el teléfono y algunos papeles y se dispuso a hacer su trabajo: preguntar, grabar, escribir.

–¿Qué tal señor Jon? –empezó con educación– ¿Qué tal se siente por estas tierras perdidas? –y agregó "perdidas" como quien puede permitírselo.

–Bien, gracias –Jon pensó en contarle que a veces es necesario perderse para encontrarse, pero dio por hecho que ya lo sabía–. Bien.

–¿Qué tal es su relación con Eva, su casera? –Jon lo miró extrañado: ¿relación?

–La verdad es que no tenemos ninguna relación. Alquilé la casa por Internet. Desde que llegué la he visto solo una vez. Pura casualidad.

–En la puerta, ¿no es cierto? –la incredulidad de Jon aumentó tres niveles en su escala de escepticismo.

–Así es –«¿Cómo lo sabe?», estuvo a punto de preguntarle, pero se contuvo. Los inspectores suelen saber mucho más de lo que preguntan. No lo hacen por pura retórica, sino más bien como un método de verificación–. Yo salía. Ella llegaba. La presentación fue breve y extraña.

–¿Extraña?

–Si… cuando le di la mano sentí una sensación rara… como una especie de tristeza. No se explicarle.

–¿Cree usted que ella sintió algo parecido?

–Puede ser. Soy un ser triste, sabe. Como puede ver, aún soy una especie de desecho humano.

–Se lo que te pasó Jon. Permíteme que te tutee. Mi más sentido pésame –Jon asintió en silencio intentando detener las imágenes del río. Era una película sin fin en un reproductor sin botón de *stop*, un caleidoscopio de una pesadilla continua. Tenía que pensar en otra cosa. Canturrear cualquier estribillo pegadizo–. Disculpa Jon. Me imagino por lo que debes estar pasando –Jon cuestionó cómo era posible que supiera de lo que hablaba; pero su cara, testigo de innumerables monstruosidades, confirmaba que sí. Él también lidiaba con su pasado. Para algunos el pasado es una bota de hormigón armado–. De verdad te entiendo y no te voy a robar ni un minuto. Solo tengo otra pregunta que hacerte –Jon quedó a la espera mirándole a la cara–. ¿Qué tal es tu relación con Chus?

–¿Con Chus? –le sorprendió, pero el flaco no se inmuto.

–Si… con Chus.

–Buena… podría decir que buena. Es lo más parecido a un conocido que se tiene por aquí. Lleva la casa. Es atenta conmigo. El café que ha bebido, por ejemplo, lo trajo ella. Debió de imaginar que hoy día es difícil vivir sin él. Pero lo bebe solo ella. Cuando viene a recoger o a limpiar se prepara una taza y la bebe.

–¿Charlan a menudo?

–Bueno… ¿a menudo? Charlamos cuando coincidimos. Muchas veces no estoy –supuso que debía dar alguna explicación. No estar, en estas circunstancias, podía ser motivo de sospecha–. Si, a veces me voy por ahí con la bici para conocer la zona. Pero, cuando estoy, si que conversamos. Tiene mucha curiosidad por cómo son las cosas lejos de aquí… Pregunta mucho ¿sabe?

–Gracias Jon. Muchas gracias por tu colaboración… y también por el café. Deberías hablar más con tu casera… Es tu vecina.

Mundos pequeños

Mientras pensabas sobre qué escribir, Jon, te dedicaste, en absoluta tranquilidad, a estudiar las redes sociales y a disfrutar del sosiego con Elena. Siempre te llamó la atención como funcionan las cosas, y las interconexiones de las cosas: las redes; eso que los matemáticos describen mediante grafos. La mayoría de lo que los ingenieros, biólogos, médicos, filósofos, llaman sistemas, no son más que redes. Redes que conectan cosas de una u otra manera. A ti, Jon, te seducían esas redes, en particular, cuando lo que conectan son personas.

Cualquiera puede estar conectado a cualquier otra persona del planeta a través de una cadena de conocidos que no tiene más de cinco intermediarios; conectando a ambas personas con solo seis enlaces. «El mundo es un pañuelo». La teoría, que dicen fue propuesta en 1930 por el escritor húngaro Frigyes Karinthy en un cuento llamado *Chains*, se conoce como la teoría de los seis grados de separación. Pero existen muchas variantes, todas fascinantes. Se dice también que en 1967 el psicólogo estadounidense Stanley Milgram quiso probar la teoría a la que denominó «el problema del pequeño mundo». El experimento del mundo pequeño de Milgram consistió en seleccionar al azar varias personas del medio oeste estadounidense para que enviaran tarjetas postales a un extraño situado en Massachusetts; a varios miles de millas de distancia. Los remitentes conocían el nombre del extraño, su profesión y la localización aproximada. Pero el paquete debía ser enviado a una persona que ellos conocieran y que pensaran que fuera la que más probabilidades tendría, de todos sus amigos, de conocer al destinatario. Esta persona tendría que hacer lo mismo y así hasta que el paquete fuera entregado en persona a su destinatario final. Los participantes esperaban que la cadena incluyera cientos de intermediarios, pero la entrega de cada paquete solo llevó, como promedio, entre cinco y siete intermediarios. ¡Solo "seis grados de separación"!

Estamos mucho más cerca de lo que creemos. Los científicos de la complejidad buscaban estas extrañas conexiones sin saber muy bien para explicar qué y, como eran un poco frikis, idearon otro experimento con su correspondiente número: el de Bacon, que corresponde al número de actores o actrices que separan a cualquiera de ellos con Kevin Bacon. Si alguien ha trabajado con Bacon su número es cero, si ha trabajado con alguien que, a su vez, a trabajado con Bacon, su número es uno y así, sucediendo de un actor a otro. El número mayor de saltos, sea cual sea el actor o la actriz, es inferior a seis o siete.

Facebook ha reducido la distancia promedio, los grados de separación, a 3,57 grados; dentro de Estados Unidos, algo menos: 3,46. Todos estamos menos aislado de lo que parece. ¡Estamos interconectados! La pregunta que te hacías una y otra vez, Jon, era cómo llegar a alguien cualquiera, por muy anónimo que parezca. ¿Cómo alcanzar a un completo desconocido? ¿Cómo conocer sus hábitos? ¿Cómo reconstruir su historia? ¿Cómo suplantarlo?

Tú, Jon, sabías de robots rastreadores, sabías como programar código que buscara por ti en la red lo que fuera. Tú construías *bots* y los soltabas a la red de las redes para que hicieran el trabajo sucio de buscar y relacionar información para ti. Los *bots* podían ser muy buenos en eso y muy malos en todo lo demás; inútiles perdidos. Pero como los mosquitos, su vida solo dependía de eso, de hacer lo que el capricho de su creador dispuso en un tiempo récord. Aquí tú eras Dios, Jon. Eras tú quien los creabas, los enviabas a chupar sangre y les indicabas el camino de vuelta, para que trajeran el manjar. Tú querías jugar a ser Dios en las redes. Sabías ser anónimo y también usurpar una identidad y ser otro. Te fascinaba ver todo desde fuera como si estuvieras dentro, repartir las cartas y jugar. Ser Dios.

WYSIWYA

What You See Is What You Are? ¿Somos lo que comemos?
¿Somos lo que leemos? ¿Somos lo que hablamos? ¿Somos lo
que vemos? ¿Somos lo que se ve de nosotros? ¿Qué somos?
Somos lo que Google dice que somos. Somos una marca. Lo
que se ve de nosotros, es percibido por los otros en forma de
reputación. Cada etiqueta de una imagen en Facebook, cada
mención en Twitter, cada comentario respecto a algo, cada foto
en Instagram, es parte de lo que somos. La reputación es el
reflejo del prestigio de nuestra marca en Internet, pero no es
solo cuestión de quien está detrás; la fabrican también el resto
de otras marcas, los que no somos, cuando nos observan y nos
evalúan en foros, blogs o redes sociales. En definitiva "no
estar" en la red es "no ser".

Puedes seguir "siendo" a la vieja usanza; pero, estar
expuesto en la red, implica ser otro. Tu reputación está en
continuo juego; para bien y para mal. "Lleva veinte años
construir una reputación... y cinco minutos destruirla", dice
Warren Buffet, el famoso gurú de las inversiones a quien tanto
admiras, Jon, y tratas de emular parapetado en la virtualidad.
Podrías Jon, si quisieras, escribir un libro con título: *Cómo
destruir tu reputación en cinco pasos*. Sabes mejor que nadie lo
que hay que hacer. Por eso sigues los consejos del viejo Buffet:

"Si piensas en ello harás las cosas de forma diferente". ¿Cómo poder olvidarlo? Hoy somos lo que Google dice que somos, que es algo así como la opinión que tienen de ti terceros, que ni siquiera te conocen de verdad, que solo ven los rastros que dejas. Ser significa estar expuesto, pero también ser otro. Puedes ser quien quieras ser. Puedes mentir con impunidad. Puedes dejar que hable tu mellizo disociativo: tu doctor Jekyll o tu señor Hyde.

Somos lo que otros deciden que somos a poco más de tres pasos de distancia. Estamos expuestos. Somos lo que el exhibicionista que llevamos dentro revela para que las agencias que controlan la información, alimenten tu insatisfacción y el número de recomendaciones de productos que debes comprar. ¿Para seguir siendo tú? ¿Para ser más el otro? Para ser tú más. Cuando compras algo estás condenado a evaluar las cosas que otros, que compraron lo mismo que tú, han comprado: los libros, los discos, las películas, los calzoncillos, la comida. Google conoce tus hábitos de consumo y como "buen amigo", o "gran hermano" recomienda, sin que le preguntemos, lo que supone nos debe interesar. Somos nodos de sus grafos de interés y de sus grafos sociales. La probabilidad de acierto es alta, así que se podría decir que nos conoce. El gran hermano te conoce.

Google ayuda a los departamentos de recursos humanos para que contraten o para que no contraten, ayuda a que los alumnos conozcan a sus profesores y a que los profesores conozcan a sus alumnos, a que los amantes conozcan a los amantes, a que cualquiera conozca a cualquiera, a que los depredadores conozcan a sus presas, a que disminuyan los grados de separación entre dos seres, por insignificantes que se crean, a que cualquiera pueda ser quien quiera ser, al menos durante un tiempo, y a revertir algunos roles. La información es el oro de la era Google, es su plan de negocio.

Según Woody Allen: "La ventaja de ser inteligente es que se puede fingir ser imbécil, mientras lo contrario es totalmente imposible". Esta frase le sonará muy parecida a la de Kurt Tucholsky (alias Kaspar Hauser, Peter Panter, Theobald Tiger e Ignaz Wrobel). En la red todo es verdad. Lo que dice uno puede ser atribuido a otro y no por eso deja de ser verdad. En la era de la posverdad, conviven extrañamente la verdad y la falsedad. Alguien puede ser uno y el otro. No todos los cambios de roles son posibles. No hace falta ser Woody o Tucholsky para darse cuenta. ¿O sí? Es poco probable que los alumnos finjan ser profesores, sería arduo y difícil. Pero un profesor puede fingir ser alumno. Un pederasta puede fingir ser un niño. Un psicópata puede fingir ser tu mejor amigo. La tecnología no tiene la culpa. No puede pensar, ni actuar, con soberanía. Es el hombre, siempre el hombre, el que con las mismas herramientas puede hacer bien, tanto como hacer mal.

Ahora Jon, tenías tiempo de elucubrar acerca de estas cosas y de tantas otras. Tu baja laboral era más una licencia sin sueldo que una baja, excepto en el supuesto que tuvieras que presionar la tecla que desata la orden: *run*; mucho más con alguien detrás observando. De solo pensarlo, tiritabas. Como si te arrebataran el abrigo de oso en medio del ártico. De solo imaginarlo, sentías vértigo. Como si nadaras en una piscina de cristal suspendida en lo más alto de un rascacielos por una telaraña. De solo visualizarlo, tus tripas rugían. Como si tomaras un vaso de hielo después de un café caliente. No podías evitarlo. Cuando Elena se te acercaba con sigilo para abrazarte y besarte, sentías todo eso de golpe y no podías evitar cerrar la tapa del portátil con brusquedad y esconderte, aunque solo fuera de ti mismo.

Año de la Recuperación

Luis buscó las planillas que, entre los dos, rellenaron y entregaron. Después, a esperar. Sabían que era una lotería; pero tú, Eva, tenías esperanzas. La lotería se basa en el azar. La gente apuesta fuerte: cree en los números de la suerte, en las supersticiones, en la magia de las conjunciones, en el animal que se cruza por medio, en la luz que se enciende o se apaga, en los sueños, en la justicia divina, en un largo e infinito etcétera. La suerte es loca y a cualquiera le toca. A pesar de ser el resultado positivo de un suceso poco probable, todos los que creen en la suerte esperan que el viento sople a su favor. Son más de 55,000 residencias permanentes (*green cards*); ya es raro que no toque, cuando son para el mundo entero.

Tú no eres supersticiosa, Eva. Tienes fe, pero no eres fanática, ni ilusa. Sabes que lo más probable es que no toque. Pero solo pensar en la escasa probabilidad de poder responder tantos ¿qué pasaría si…?, te ha devuelto la esperanza y eso ya es positivo e importante. Poco a poco Luis y tú habéis ido recuperando cierta normalidad en lo que se supone que es una relación matrimonial. Luis está contento. Tú no, pero quieres dejar atrás la depresión. Te esfuerzas. Ya tus compañeros del museo no te parecen tan idiotas, el sol no quema tanto, los días son más largos. Ahora eres tú la que llama a Jesús todos los días y te vas con él al cine de cuando en cuando.

Jesús se va. Su lotería se llama Manuel. Al fin conoció el amor en su acepción más mundana. Ahora conocerá el exilio en los brazos de su futuro marido. En Cuba no, pero fuera hay esperanza: los homosexuales pueden casarse. Él también está contento. Por fin la vida le sonríe. Por fin las etéreas respuestas a sus preguntas ¿qué pasaría si...?, empiezan a corporeizarse. Por fin pueden hablar de cosas intrascendentes como emigrar, vivir en un lugar desconocido, comer platos exóticos, vestir a la moda, estrenar perfumes caros, etc. Manuel es brasileño, regenta una galería de arte, viaja mucho, tiene una colección impresionante y está colgado por Jesús. ¡Suerte! Les deseas. «Amor de mi vida, te cedo para que seas feliz». Por fin las cosas pueden cambiar.

Despediste a Jesús en el aeropuerto. Luis te acompañó y le cargó sus maletas. Prometió no llorar. Incumplió su palabra. Tú, por suerte, no prometiste nada. Lloraste. Lloraron. Mucho. La despedidas así suelen ser irreversibles. Has visto muchas, pero esta vez eres tú la protagonista. Adiós, amor. Adiós. El avión se esfumó entre las nubes y con él parte de tu vida hacia otra vida con muchas promesas y poca certeza.

Empezaste a recibir postales de todas partes. «Amor de mi vida», decían todas. Manuel no es celoso. Luis, de Jesús, tampoco. Ese año cambió todo. Si fueras del gobierno le habrías bautizado como "Año de la Recuperación".

Tú y Luis hicieron planes. Si les toca a los dos... plan A. «Si nos toca a los dos, primero nos alquilamos algo sencillo. Buscamos trabajo, donde sea. Luego, cuando todo nos vaya bien, nos compramos una casa con jardín, a lo mejor hasta con piscina». Si te toca a ti, Eva... plan B1. «Si me toca a mí, compartiré alquiler con alguien para ahorrar y traer a Luis lo antes posible. Él seguiría jugando a la lotería; pero yo tendría un plan C, y un plan D, para que pueda salir por cualquier lugar hasta llegar a Miami; ya sea por aire o por mar, en un buque de guerra o en un tren militar». Si le toca a Luis… plan B2. Luis debía trabajar y ahorrar todo lo que pudiera en el menor tiempo posible para conseguir que tú te reunieses con él en Miami. No le reclamarías que compartiera gastos con nadie. Lo que tú estás resuelta a hacer, no estás dispuesta a exigirle a Luis que lo haga. Eso es cosa suya. Si no toca a ninguno, el plan es volver a presentarse mientras esperan a que se abran nuevas salidas o surjan nuevos planes; es solo una hermosa posibilidad, pero nunca se sabe. Si no toca a ninguno, comienza el bucle infinito de largarse.

Vuestros planes eran los peores planes del mundo, eras consciente: creer en la suerte y esperarla. Pero tener un plan, aunque sea malo, ya es algo. A veces los milagros suceden. Recuperaste la fe. No era poco. Tenías un motivo para poder seguir adelante, tenías un destino, una motivación: imaginar una vida distinta y, por qué no, mejor. No contaron nada a nadie. Eso podía traer mala suerte. El chivato está en todas partes y la paranoia puede expulsarte del sistema solo por desear una vida distinta, en un sistema distinto que, por razones ajenas a tu voluntad, el gobierno declaró enemigo acérrimo. Lo que tú y Luis no sabían, era cuánta gente conocida hacía lo mismo. Cuánto silencio envolvía cada planilla de la lotería. Cuántos vecinos o compañeros de trabajo. Cuánta hipocresía pululaba a tu alrededor. Cuántos estarían dispuestos a cortarle la cabeza al líder supremo en un juicio sumarísimo, como tantos tribunales militares hicieron en nombre de la Revolución, después de aplaudirle en la mismísima Plaza de la Revolución.

B2

El plan B2 se puso en marcha después de un año de espera optimista. Tú no tuviste suerte, Eva, solo la mitad de la suerte; pero podía haber sido peor. Tal y como habían previsto, con los ajustes necesarios que el tiempo reclamase, tú volverías a jugar y Luis haría todo lo posible por salvarte de nuevo.

Él ya sabía lo que era salvarte y tú lo que era ser salvada; así que lo despediste con optimismo, sin llanto. Luis estaba mucho más afectado que tú. No quería dejarte. Te hizo jurar fidelidad, algo que te pareció surrealista, teniendo en cuenta tu historial sexual. Pero lo hiciste. Total, era lo último que te importaba, el sexo. El solito, sin que tú se lo pidieras, prometió no ser infiel, portarse bien y seguir con el plan acordado. Te llamaría siempre que pudiera. Te escribiría cartas. Te enviaría vídeos. Así despegó en un avión para llegar, en poco más de media hora, a ese lugar que parece estar en las antípodas: USA.

Tú regresaste a casa. Por primera vez, en tantos años, estabas sola. Sola de verdad. No sola esperando a que llegara Jesús o sola esperando a que Luis apareciera. Estabas tú sola sin esperar a nadie. Tenías la casa entera para ti; algo que alguna vez deseaste y que ahora no sabías cómo empezar a disfrutarlo. Pero tú ya estabas en pleno plan B y no podías fastidiarlo así que decidiste aprender, desde ese mismo momento, a disfrutar de la vida en solitario. ¿Qué te gusta hacer? ¿Qué es lo que más te gustaría hacer? Ambas preguntas flotaron en el aire, como una nube sobre la cabeza de la heroína de un cómic. Ella, la súper héroe, sabría. Sacaría músculo de inmediato, pegaría tres patadas, y todo volvería a estar en orden, pero… tú no supiste responderte. No eras heroína. Te gustaba el arte, pero ahora era solo un trabajo que hacer. Te gustaba estar con Jesús, pero no estaba. Te gustaba degustar sus platos, pero ya no podía cocinarte. Te gustaba ir al cine con él, a la cinemateca, pero no era posible. Te gustaba leer. Eso sí podías hacerlo, pero ya habías leído todos los libros que tenías en casa. Tendrías que buscar uno nuevo y eso no era nada fácil: algo que no hubieras leído y que fuera de tu gusto; algo alternativo, irreverente, disidente.

Era más o menos pronto, un domingo nublado después del almuerzo, así que decidiste salir y caminar, bajar hasta el malecón y caminar y caminar sin rumbo fijo. Llovió, cayó una tromba de agua impresionante y te mojaste y sentiste que era un exorcismo; que aquel accidente climático, tan común en los comienzos de verano, era una limpieza mágica enviada del cielo.

Te empapaste durante quince o veinte minutos. Luego salió el sol y se desplegó un arcoíris que parecía unir la Habana y Miami. Era un buen síntoma. Pensaste regresar, pero las telas de tu ropa eran finas. Se secarían pronto. Así que subiste por Belascoaín y te perdiste por Centro Habana buscando librerías de segunda mano; que en realidad eran de octava y décima. Quizá allí te esperaran libros viejos que pudieran aplacar tu presente y presentar tu futuro.

Lezama estaba en todas partes. *Paradiso*, publicada en 1966, clasificada por la censura como "pornográfica", el que más. El paciente impaciente murió vilipendiado y olvidado. Sin embargo, por esas cosas extrañas del azar que el tiempo parece predispuesto a ordenar, fue rehabilitado en el año de su centenario. Vivir para ver. De su intelectualidad, religiosidad y homosexualidad fue perdonado. Desde entonces parecería que nunca estuvo condenado. Pero tú ya lo has leído. Has leído, con Jesús, a todos esos escritores malditos: Virgilio Piñera, Severo Sarduy, Reinaldo Arenas, etc.

Entras en una librería que tufa al aroma dulce y ahumado de los libros viejos. Pides otra cosa. El librero parece adivinarte. Tiene muchos años. Te recomienda a Leonardo Padura, Eliseo Alberto Diego "Lichi" y Wendy Guerra. De estos tiene ejemplares. Son nuevos, pero los venden libreros viejos porque son raros, algunos están prohibidos y otros silenciados. Has tenido suerte. Te llevas *Informe contra mí mismo*, de Lichi; *El hombre que amaba a los perros*, de Padura y *Todos se van*, de Wendy. Estás feliz. Por primera vez en más de medio año sientes que tu vida es otra cosa. Estás optimista.

Regresas caminando y sientes que la ciudad no es tan monocromática como parecía. El color estalla por todas partes. La vegetación ha seguido su curso. Ni siquiera el gran desastre ha podido detenerla. La vida ha seguido su pulso. Tú reinicias tu sistema: borrón y cuenta nueva.

Tú siempre en ellos

El plan B2 consistía, más más que menos, en esperar; en aguantar el ansia y la desesperación que produce la soledad del que espera. Tú, Eva, te refugiaste en los libros. Te diste cuenta que no estabas sola. Muchos personajes se iban, abandonaban, desertaban. Lo que pareció tan erróneo y desacertado, empezó a mostrarse como algo normal, rutinario. Lo que pareció tan bueno, empezó a mostrar su lado oscuro o, quizá, eras tú la que se transformaba y veías lo que antes no podías ver porque estabas ciega. Eras tú la que empezabas a captar las nuevas señales, a descifrar los mecanismos maquiavélicos del poder. A sentirte algo más libre en medio de esa gran jaula populachera. Saber es iluminar. Poder es oscurecer. Saber es poder. Una relación extraña, una especie de eclipse irreversible e inevitable. Las lecturas mitigaron tu cansancio. Te dieron otra perspectiva. Te desvirgaron la ingenuidad ideológica, mantenida con el férreo cinturón de castidad de la propaganda, el bombardeo sistemático de medias verdades enredadas en medias mentiras, la confusión y el miedo. Perdiste la virginidad y el temor. Volvías a ser tú, antes de ser programada. Volvías a ser tú, no desde cero, sino más bien ordenada, con cada cosa ocupando su lugar correspondiente.

Luis y Jesús mitigaban también tu soledad, que ya no era tan solitaria, con sus mensajes. Al final te sentiste bien en ese mundo que habitabas junto con los tuyos, aunque no estuvieran de cuerpo presente. Tu vida virtual empezó a ser plena. Jesús era feliz. Te animaban las cosas que hacía y los planes que tenía. Tú siempre en ellos. Tú siempre en él. Luis te contaba poco y mal de su día a día en Hialeah, pero siempre terminaba con frases de amor. Para mi vida. Para mi reina. Te quiero. Te extraño. Luis era basto, pero ocupaba ese lugar en la tierra firme donde las cosas son carnales. Te sentías acompañada.

Un día Luis te confesó que fumaba sin control. He empezado a fumar, escribió. Alguna vez, muy rara vez, muy de vez en cuando, daba una calada. A veces fumaba un cigarrillo entero. Al menos eso era lo que tú creías. Su aliento, salvo esas excepciones, nunca olía a tabaco. Ahora no podía evitarlo. Sospechaste que esa confesión no marcaba un comienzo con exactitud, sino más bien el principio de un fin. Esa vez se despidió como siempre. Te extraño mucho y te quiero. Todo siguió casi igual. Ahí quedó y no se "habló" más del tema. Pero tú tienes buena memoria y la capacidad de atar bien, cabos dispersos. Luis no avisaba que fumaba, sino que el tabaco, si quisiera, podría matarle. Era muy mala noticia.

Luis escribió muchas cartas de desesperación donde parecía que sin ti estaba a punto del suicidio. Llegaste incluso a pensar que Hialeah, la quinta ciudad más grande del estado de Florida, no era un lugar en el que te gustaría vivir. Sentías hostilidad hacia el pobre de Luis que, pese a todo, seguía en su empeño de cumplir su parte del plan B. Te necesitaba. Todo conspiraba en su contra, pero él parecía insistir. Era un héroe. Un atleta de fondo, de soluciones, no de problemas. Cambiaba de trabajo o de casa cada vez que iba al baño y volvían días de tranquilidad hasta que un nuevo contratiempo rompía la fragilidad de su estabilidad. La precariedad era el denominador común de su vida, pero en el país de las oportunidades parecía que, ante cada adversidad, surgía una oportunidad. Así fueron las cosas, de más a menos, de menos a menos. Las cartas parecían cansadas y el agotamiento hacía mella: llegaban cada vez más cortas y cada vez más espaciadas.

Tú volviste a rellenar tu planilla. Apostaste de nuevo y otra vez la moneda cayó del otro lado. Sin embargo, a esas alturas, ya no tenías tan claro qué significa vivir en Hialeah. ¿Qué pasaría si...?, estaba cambiando sin darte cuenta. Te habías adaptado a vivir sin vivir; pero, es curioso, no te sentías demasiado infeliz. Aprendiste a sobrevivir en el Museo. Eras ya una veterana. Aprendiste a vivir sin sexo. Ni siquiera tenías ganas de ti misma. Aprendiste a vivir en tu mundo. El contexto se convirtió en el escenario de un videojuego, en el que ni siquiera eras la jugadora. Te habías aplatanado. Fue entonces cuando Luis dejó de escribir.

¿Qué te parece Eva?

Cuando Jon quedó solo, se sintió acompañado de un peso extraño. «¿Por qué el investigador le había invitado a hablar con su vecina, casera, Eva? ¿Podrían tener ambas cosas alguna relación?».

Es casi de sentido común hablar con quien tienes cerca, pero las cosas no empezaron bien; al parecer, sus vidas, al cruzarse, salieron despedidas en sentidos opuestos como dos imanes del mismo signo. No obstante, las cosas merecen una segunda oportunidad. Jon sentía una extraña atracción antropológica por Eva. La espiaba, no buscando el momento preciso en que el viento levantase sus faldas y aireara sus intimidades, no admirado por su belleza, ni por la gracilidad de sus movimientos. La observaba como el científico que estudia su rata, no para probar las bondades de un nuevo medicamento, ni para anotar los efectos secundarios de la vida, sino porque no tiene nada mejor que hacer que satisfacer su curiosidad. Porque empezó haciéndolo y no sabe parar. Porque espera algo, aunque no sepa qué. Porque no es simple volver a vivir y quizá esta sea una forma de hacerlo. La escruta de manera aséptica, no reconoce tipo alguno de violencia, actúa como un niño inmaduro, ajeno a cualquier consecuencia.

Quizá aquel hombre delgado y suspicaz tenía razón. Debía mostrarse de una vez. Quizá debía ser parte de su terapia aunque la cura le obligue a andar inclinado e indiferente.

Un día Chus le preguntó por qué no se dejaba ver y le recomendó que una dosis adecuada de sol era buena para la piel y un tanto de ejercicio para el sueño. A Jon le pareció, después de la visita del investigador, que Chus jugaba a ser detective, pero lo pensó mejor y entendió un mensaje bien distinto: se preocupaba por él. No se atrevió a preguntárselo, pero tampoco le molestó. El gesto de su cara arrancó una especie de suspiro-sonrisa en la cara de Chus.

También observó, por primera vez, que esta chica que parecía compartir su edad, lucía un vestido selecto, precioso y colorido. No fue capaz de imaginar al autor de aquel diseño, pero lo encontró adecuado para citas más formales. Chus preparó té para él y café para ella. Se sentó en el sofá y subió las piernas. Se podía decir que era lo más cerca a una amiga que tenía allí, aunque no estaba seguro de que ella considerara lo mismo. Tuvo que cambiar de asiento para evitar la tentación de ver sus bragas que sobresalían por descuido del vestido. Tenía un trasero redondo, blanco y liso. Pero no quiso faltar al respeto.

–¿Qué te parece Eva? –le preguntó Chus.

–¿Qué Eva?

–Tu vecina, ¿qué Eva va a ser?

–Perdona, ha sido un lapsus. Aquí apenas hablo contigo. No se ve a nadie por ninguna parte… Parece un pueblo fantasma.

–Es verdad. Somos pocos y todos estamos muy ocupados en las faenas. ¿Pero tú ya la has visto no?

–Si, una vez. Nos cruzamos en la puerta. Apenas nos dimos la mano. Después no he vuelto a verla –Jon mintió. La veía todos los días flotar al borde del acantilado, a merced de la voluntad del viento, integrada en el paisaje. Su cara se tiñó de rojo pálido–. ¿Lo dices por algo? ¿Quiere ella hablar conmigo? ¿Tenéis alguna queja?

–No, no. Solo te pregunto por curiosidad. Por sacar un tema de conversación. Yo tampoco soy muy amistosa.

–Bueno… te veo mucho más a menudo, te ocupas de que aquí todo esté en orden, me traes té y café –Jon sonrió–. No diría que eres antipática.

–Me caes bien, sabes. Me gusta las cosas que me cuentas de Madrid. ¿Tienes novia?

Jon se estremeció. No esperaba esa pregunta. No estaba preparado aún para escuchar la palabra «novia». Así que respiró hondo y contestó sin mirarla.

–No.

Chus miraba al techo, parecía estar en otra parte.

–Qué extraño –continuó–. Un hombre como tú. Yo estoy casada, ¿sabes? Pero… es como si no lo estuviera –Jon siguió callado. Un silencio incómodo empezó a llenar la instancia, pero Chus lo interrumpió con brusquedad–. Mi marido faena en un pueblo cercano… casi nunca está. A veces creo que me casé con él porque era el único que quedaba disponible –dijo como si hubiera dicho: este café necesita más azúcar. Luego continuó sorprendida–. ¡Con la cháchara no me he dado cuenta de la hora! Tengo que volver a casa. Adiós Jon.

Jon abrió la puerta. Salió detrás de ella y le agradeció su visita. Luego observó las tierras de su casera. Tenía una huerta preciosa, bien cuidada y surtida. «A lo mejor es vegetariana», pensó. El césped necesitaba un repaso. Junto a la huerta había una pequeña máquina podadora. Quizá era buena idea colaborar con la propiedad que disfrutaba cortando la hierba. Quizá era una buena manera de empezar a relacionarse con ella.

El aire húmedo anunciaba lluvia. Nada nuevo. En el horizonte las nubes se juntaban cada vez más oscuras. De vez en cuando el cielo brillaba con rayos y centellas. Miró hacia el final del camino y pudo ver a alguien subiendo el declive con los brazos recogidos sobre el pecho. Era Eva. Pensó quedarse allí y hablarle; preguntarle si le parecía bien que podara el césped. Quizá podrían hablar del mal tiempo. Casi todo el mundo habla de si hace más frío o menos calor; cuando no tiene nada que decir o cuando tiene tanto que decir que no se atreve. El cielo estaba encapotado. Eva se acercaba. Llevaba la cabeza algo inclinada para protegerse del viento mojado. Pensó qué debía decirle algo; pero, sin pensarlo, cerró la puerta. Eva siguió cuesta arriba, pasó enfrente de su puerta y, apenas veinte metros después, se metió en la suya. Pudo ver como se encendían las luces y se esfumaba la posibilidad de contacto.

El aire se espesó aún más y entre rayos y truenos la tormenta se derramó con furia por toda la comarca. Jon encendió el ordenador, abrió Opera y buscó en Google: cómo cortar césped máquina. Salieron alrededor de 399.000 resultados en 0,38 segundos. El anuncio de un cortacésped autopropulsado por 159,0 €, una desbrozadora de gasolina K430 43 cc y 1,5CV a 99,99 € y un cortacésped de tracción manual a 129,00 €. El primer resultado de la búsqueda era un enlace a un vídeo: Cómo cortar el césped en 2 minutos! - YouTube. Pinchó y se dispuso a verlo. Tenía 7.637 visualizaciones.

Sin noticias del más allá

Luis se esfumó, Eva. Se le acabó la cuerda. Al principio te alarmaste, pero sabías que estaba bien. Las malas noticias corren más rápido que las buenas. Se abren paso por debajo del mínimo de grados de separación hasta llegar al destinatario. A él no le pasó lo que a tantos otros. Se cansó. Se aburrió. A otra cosa, mariposa. Las parejas tienen que estar juntas y ustedes ni siquiera fueron alguna vez una pareja en toda regla. La desgracia los unió y, al parecer, la adversidad los separaba. Miami es una máquina de moler carne. Funciona diferente a la Habana. Son tecnologías diferentes: una yanqui, la otra rusa; una a largo plazo, otra a corto plazo; una más mental, otra más física. Pero ambas terminan destrozando. Son máquinas de exterminio de sobrada eficacia diseñadas por la guerra fría y arrastradas por una inercia incontrolable y apetitos de poder insaciables. La zafra de la carne siguió su curso. Tú en una orilla y Luis en la contraria.

Jesús seguía escribiéndote, llamándote, pensándote. Tú seguías amándolo. Te enviaba dinero. No te faltaba nada; pero, sobre todo, protegía tu alma. El dinero a veces alivia, a veces importa. A veces no. La mayoría de las cosas importantes, como el amor o el tiempo, no están en venta. Tú eras el amor de su vida. Nada podía cambiarlo. No le dijiste nada, no querías preocuparlo pero, según arreciaban sus cartas, se extinguían las de Luis. Te ofreció irte con él. Tú solo le pediste tiempo. Solo sabías esperar y es difícil cambiar las costumbres. Necesitabas tiempo para un plan tan distinto al que te habías comprometido. Irte con Jesús significaba volver a ser tres y tú la tercera en discordia. Tú, el elemento extraño, ajeno, nuevo. Tú, inoculada en otra vida. Tú, la mostaza y el kétchup. Terminarías sufriendo lo que sufrió Jesús entre tú y Luis. Terminarías sobrando.

En la brutalidad de los libros prohibidos encontraste consuelo. En el hastío de tu día a día encontraste la calma. Aprendiste a no ser imprescindible. En la enajenación del contexto encontraste la fascinación. Podías esperar sin la ansiedad del que espera.

La muerte de Luis fue lenta, pero definitiva. Nunca le amaste. Al menos no como amaste a Jesús. Tú solo aprendiste a quererle con esa manía de gratitud y obediencia que te inculcó la Biblia. Era un hombre, según la concepción extendida del concepto hombre: un semejante que piensa luego existe, y un hombre según la concepción reducida del concepto hombre: un semejante con el sexo adaptado para penetrar en el tuyo y fecundarte. Pero tú no amabas a los hombres, sino a las almas, y tampoco sabías de instintos maternos. Su alma era buena aunque no sublime; eso bastaba. Nunca consiguió, por mucho empeño que pusiste, hacer vibrar a la tuya en la misma frecuencia, ponerla en resonancia. Te acostumbraste y ahora, sin noticas del más allá, estabas aprendiendo a desacostumbrarte. Al final le diste sepultura sin aspavientos, ni ruido. Seguiste casada con él en el más absoluto silencio.

¡Menuda suerte!

Luis llegó arropado por muchos, pero quedó olvidado por todos más pronto que tarde. Allí, en Miami, todo el que llega lo hace pidiendo y todo el que está ha aprendido a no dar más de la cuenta. La vida es dura. Sálvese quien pueda. Nadie, aunque quisiera, puede hacerse cargo de nadie. Ya tiene bastante con lo que le toca. Luis llegó sin nada, como la mayoría de sus compatriotas, pero lo cierto es que nunca tuvo nada. No tenía nada que extrañar, pero si que comprar. Enseguida le asesoraron para pedir ayudas al gobierno y le ofrecieron empleos que, por muy precarios que fueran, pagaban en oro respecto a los salarios de la Habana. A Luis le gustó el derroche. Poco tiempo después de llegar, apenas un mes, los parientes lejanos, que le acogieron con tanta efusión, le invitaron a independizarse y no tuvo más remedio que empezar a vivir en solitario su aventura americana. Recordaba con imprecisión aquellas preguntas que se hacía contigo, Eva. ¿Qué pasaría si…?, pero veía cada vez más lejos aquello de conseguir lo necesario para siquiera preguntárselo de nuevo: ¿qué pasaría si…? No tenía vacaciones, ni las tendría por lo menos en los próximos diez años. No tenía seguro médico. No tenía nivel de inglés, ni de historia, ni de sociología. No leía con claridad las señales. En definitiva, era un extranjero en toda regla. Tenía una tarjeta verde que decía lo contrario, pero la realidad es lo que es y no lo que uno quiere. Era un paria, un intocable, pura escoria, en la casta del exilio cubano.

Nadie lo invitaba. Nadie lo necesitaba. Te extrañaba, Eva. Tú si eras su amor. Jamás pensó dormir con una mujer tan bella y delicada, tan sensible e inteligente, tan culta y refinada, como tú. En Hialeah sus ojos verdes no atraían a nadie, estaba pasmado, sin blanca. Las nalgas y los senos postizos, tatuados a la perfección, se exhibían en vidrieras de las que, ni pagando a plazos, podía aspirar a abrir. Dejó de ser el mulato claro corpulento de ojos extraños para ser un don nadie transparente. Pasó de ser un cero a la derecha a ser un cero a la izquierda. Eso duele. A él, que se quería tanto, aquello le hizo una herida grande y fea en su autoestima. No podía correr, porque aún no tenía carro para llegar a un polideportivo y hacer footing por el barrio era sinónimo de huir de la policía, de alejarte con prisa de algún delito. Allí se corría en los gimnasios, sobre una máquina, no al aire libre. La comida, que al principio le pareció exquisita, empezaba a darle quilos de más y, lejos de todo pronóstico, grasa.

Empezó a fumar con regularidad; como algo natural y compulsivo. No daba crédito, pero no podía parar. Encendía un cigarrillo aprovechando el fuego del que se extinguía. Pensó que era solo un desajuste temporal; pero pudo comprobar, con impotencia, que ni el auto engaño servía de nada. En poco tiempo empezó a toser: una tos seca y molesta que cada vez se arrugaba más, se hacía ronca, perdía la armonicidad, se tornaba ruidosa, camionera. Por último empezó a ser incontrolable.

Luis hizo de todo: limpiador de coches, vendedor ambulante, reponedor de supermercado, mecánico, guardia de seguridad, pero nada relacionado con el deporte hasta el día que, por casualidad, fue a parar a un gimnasio, a ocuparse de la basura, y terminó en poco tiempo dando mantenimiento a los aparatos de musculación. ¡Menuda suerte! De eso sí sabía: de hierros y de rutinas. En poco tiempo le solicitaron como entrenador personal señoras mayores entusiasmadas con el bótox. Eso le dio la posibilidad de mejorar su aspecto. Siguió fumando, ya era imposible parar, pero perdió algunos kilos de más, expulsó bastante grasa y sus ojos verdes brillaron de nuevo. Así le conoció Linda.

Linda

Linda nació en la Habana, pero se crio en Miami. Era uno de esos hijos híbridos sin sentido de pertenencia a ninguna parte. Apenas hablaba español, tenía una edad indefinida (unos cuantos años mayor que la de Luis), un perfil voluptuoso entre operaciones, bótox y rutinas de gimnasio, pelo teñido de rubio, ojos de color miel y uñas de los pies siempre pintadas al detalle de rojo Ferrari.

Enseguida solicitó los servicios de Luis. Le sonreía, le provocaba y Luis estaba desesperado; como un perro rabioso entre perras en celo. Él no era como tú, Eva. Los sentimientos van por una parte y el deseo por otra. Linda le pidió masajes en la espalda primero, en los muslos y en los glúteos después y al final, entre las piernas. ¡Cómo no se los iba a dar! Aparecía por el gimnasio todos los días. Le provocaba con sonrisas, roces y ropa indiscreta calculada, le mostraba la verga tiesa y se marchaba como una lechuga fresca; disfrutando de su poder.

Linda estaba casada, con un viejo cubano de una casta superior: la del 61. Rondaba los cuarenta, Luis los treinta. Al final pasó lo que tenía que pasar. Le contrató para limpiar su piscina en Coral Gables y como entrenador personal. Su marido corría con los gastos. Luis no dejó el gimnasio, se las arregló para mantener los dos trabajos dejando otro de aparca coches en un hotel, y se inició en el apasionante mundo de limpiar piscinas y saciar los impulsos sexuales de la caprichosa Linda en su propio chalet. Llegaba pronto, saludaba al dueño de lejos con la mano, que se marchaba con su guayabera planchada, de manera impecable e incuestionable por su criada, al elegante despacho de abogados que regentaba, y luego se dedicaba a entrenar el ano, la vulva, los pezones y la boca, de Linda, y a satisfacer sus más sórdidas y estrafalarias fantasías sexuales. Linda necesitaba cuero, así le decía, y Luis se lo daba obediente, con creces. Le gustaba que la machacara, que le diera nalgadas, que la torturara. Luis le cogió el gusto. Un día incluso le pidió que copulara a su amiga Katy mientras ella se masturbaba mirándolos. Era intensa, desinhibida, «maravillosa», creía Luis.

Con tanto trabajo, Luis dejó de escribir cartas. Al principio se sintió culpable. Tenía un deber contigo, Eva. Se obligó, sin ganas, a mantener el contacto. Pero escribir mentiras es duro; mucho más difícil que limpiar piscinas y repartir esperma intrauterina a domicilio. Al final se cansó y te abandonó sin decir adiós. Para Linda no fue suficiente. Ella jamás dejaría a su gallina de los huevos de oro; por muy flojos que estuvieran esos huevos. A Linda le placía humillar y ser humillada. Le deleitaba ejercer su poder.

Mucha gente piensa que los dictadores solo buscan dinero; pero se equivocan, lo que más desean es poder. El poder es orgásmico, la impunidad divina. Linda convenció a Luis, sin ninguna dificultad. Debía dejarte, Eva, como Dios manda. *Stop*. Fuera preocupaciones y lastres sentimentales. Se suponía que ella abandonaría a su marido para fugarse con Luis. Eso le dijo en su horrible spanglish. Pobre imbécil, se lo tragó. Ser bruto para ser esclavo. Ella misma preparó el *set* de grabación en su opulento salón. Tuvo sus quince minutos de gloria. Luis se encumbró.

Después de aquella vileza la vida siguió su curso en apariencia. Luis siguió limpiando piscinas, fornicando con Linda, a veces con Katy, otras con Katy y con Linda y tosiendo, cada vez más. Cuando ya había olvidado aquella infame película se acordó de la promesa de Linda. Se lo recordó, pero Linda se rió en su cara: –¿Para qué? ¿Por qué dejarlo? Ni siquiera me toca, pero paga mis facturas… y las tuyas. ¿Qué haríamos tú y yo sin dinero? ¿Limpiar piscinas? –Luis se sintió estúpido, pero siempre lo fue. De una manera u otra lo sabía. No era muy listo, pero la lógica era aplastante. Era un simple látigo, un instrumento para infringir daños innecesarios, pero ya nada podía hacer. Más que seguir atragantándose con su propia mierda.

Un día tosió con sangre, abundante; antes solo eran pequeñas y caprichosas manchitas de vez en cuando. En urgencias le confirmaron la satisfacción de la más horrible de las advertencias. Tenía cáncer de pulmón. Empezaba a hacer metástasis sin freno, sin pausa, sin control. Le quedaban apenas tres meses de vida. Las causas nunca aparecen de forma cristalina, siempre se esconden detrás de un montón de efectos, pero todo apuntaba al cigarro; si no como causa directa, como catalizador del desastre. Cuando Linda recibió la noticia fue explícita: –*Sorry* Luis, *but* eso no es *my problem*. No puedo hacer *nothing*. Hasta aquí llegó lo nuestro –eso lo dijo en perfecto español–. No vengas pa' trá –le dio un cheque con un pequeño finiquito y cerró su puerta y sus piernas para siempre. Luis regresó a su habitación con baño sin balcón, ni portal, con vistas a ninguna parte. Pensó en quitarse la vida; pero ya no tenía ni fuerzas para eso, ni demasiada vida que quitarse. De nada valía adelantarse a los acontecimientos. Así que pensó en quien único podía pensar; en ti, Eva. Descolgó el teléfono y te llamó.

Aves

A Elena y a ti, Jon, les encantaba la naturaleza, les gustaba pasear, les fascinaban las aves que habitan el río Duero. En cualquier folleto turístico relacionado con cualquier río, es posible leer un texto como este:

> Las aves son imprevisibles, cambiantes, con extraños antojos. Unas deciden vivir en cantiles sin final, otras en espesuras impenetrables. Las hay que rehúyen al ser humano y las que le buscan para criar junto a él. Algunas se pasan el día en el suelo, otras no tocan tierra. Unas no bajan de los árboles, y otras no salen de los ríos. Pero todas ellas tienen algo en común. Son la alegría del paisaje, y con sus colores, gritos, vuelos, saltos, son, sin duda, las auténticas animadoras del río.

Allí, a lo largo del río Duero, había de todo. Al menos, todo lo necesario para atraerlos a los dos como un potente imán en cada tiempo muerto. Allí, en esa isla que llaman Las Payas, podían ver cormoranes, patos y palomas. Algunos venían a comer a vuestras manos y otros que escapaban con el menor signo de vuestra presencia.

Buitres, halcones, gavilanes, milanos, cernícalos, y otros majestuosos depredadores aéreos vigilantes, expectantes, prestos. Golondrinas, aviones, vencejos, mirlos y cigüeñas. La fauna es abundante, multicolor, curiosa, excitante. Elena está maravillada con tu curiosidad por las aves, con tu manía de clasificarlas y observarlas. De mera afición se ha convertido en una práctica más técnica y sistemática. Queréis fotografiarlas, queréis darles de comer, queréis ver cómo comen, queréis evaluar sus comportamientos y paseáis con vuestras cámaras por el río, por sus islas, hasta llegar a Las Payas.

Oscurecía, pero vosotros no teníais prisa. En Las Payas hay una especie de cabaña improvisada desde donde, en cuclillas, podéis ser los espectadores privilegiados de la gran película de la naturaleza. Alguien se acerca, lleva una escopeta consigo, pero vosotros no sois conscientes; estáis demasiado extasiados en la contemplación de la maravilla. Unos patos de plumas azules y verdes se alejan con estrépito y una voz grave les sorprende. Al daros la vuelta el arma les apunta. A esa hora mucha gente cena o está a punto de cenar. El sitio es solitario. Es poco probable que alguien les escuche.

Elena grita y recibe un escopetazo en la cabeza. Cae inconsciente al suelo. Tú, Jon, te precipitas sobre ella para protegerla, pero también eres golpeado con brutalidad por una rodilla. Suena como si se hubiera roto, como una estaca de madera cuando quiebra ante un mazo. No pierdes el conocimiento, pero no puedes moverte. No eres atleta, no eres un súper hombre; eres tan solo un joven asustado, indefenso, un *hacker* peligroso que, en la vida real, no sabe cómo defenderse; mucho menos cómo defender a su novia.

Todo iba bien, demasiado bien para una vida friki, yupi y aburrida. Planeabais casaros. Tú debías recuperarte. No teníais prisa, pero sí un compromiso firme. Ahora, de repente, todo va mal, fatal. Ahí está un desconocido delante de un Jon aterrado y una Elena inconsciente, jugando a ser Dios.

Les ata las manos a la espalda y los amordaza. Arranca la ropa de Elena con rabia y prisa. La coloca sobre el tronco cortado de un árbol muerto boca abajo. Se baja los pantalones. Tú lloras, Jon. Intentas arrojártele encima, pero la pierna te paraliza. Saca su polla del pantalón, empalmado por su monstruosidad. Agarra a Elena con una mano por la pelvis y con la otra la encula como a una yegua. Elena abre los ojos aterrorizada. No puede gritar, no puede moverse, no puede respirar del dolor. Por fortuna, la bestia se corre en pocos segundos. Guarda su verga flácida y sucia sin cerrar la bragueta y arrastra a Elena por el pelo arañándola con las astillas del tronco y las espinas de los arbustos. Está en *shock*. Tú sigues llorando, Jon, como un poste alto en medio de una tormenta eléctrica.

La bestia coge una pala portátil que trae enganchada a la cintura, de esas prácticas para jardín y *camping* que venden en Leroy Merlin, y comienza a cavar un hueco. La pala ha sido afilada con sumo escrúpulo. Estás furioso, Jon, muy furioso. Acopias todas tus fuerzas, toda tu rabia, toda tu impotencia, toda tu exasperación y arremetes contra la sombra que cava, con la única arma de la que disponías: tu cabeza. Asestas en las costillas. La bestia ruge y cae rodando. Elena está inmovilizada. Tú también. Se levanta furioso y te embiste con la hoja de la pala en la frente hasta que pierdes el conocimiento. Elena tiembla. El frío del río y de la humillación dilatan su atrofia.

Cava y cava durante horas hasta que consigue hacer un agujero donde Elena cabe de pie. No hay un alma. Ni una sola. La arrastra otra vez por el pelo y la sepulta en el hoyo. Luego devuelve la tierra sobre su cuerpo deshecho. La entierra hasta el cuello y se sienta a fumar un cigarrillo. Con la última colilla te quema en el cuello. Tienes que ver lo que te tiene preparado. Vuelves en sí desubicado, deshabitado, desorientado del todo.

Estás en el infierno. Apenas puedes ver con nitidez, pero la luna casi llena alumbra sin querer alumbrar el escenario de la barbarie. Puedes ver la cara de Elena suplicando, con los ojos fuera de sus órbitas, con el alma fuera de su cuerpo.

El diablo se arrodilla junto a la cabeza de Elena que no puede gritar. Coge la pala con las dos manos; el mango con la zurda, el eje con la derecha. Te mira, Jon, se asegura que no te lo pierdas y asesta un golpe mortal con la cuchilla cercenando la aorta. Un chorro de sangre pringa todo y se sumerge burbujeante en la tierra. La cabeza no se desprende. Es difícil separar la cabeza del cuerpo. Por eso la guillotina es tan sofisticada. El cuerpo es mucho menos frágil de lo que parece. Así que sigue asestando golpes como un leñador sobre un improvisado y terco árbol que protesta lanzando astillas, como si rebanara una lechuga para separarla de la tierra con un cuchillo romo.

Estás paralizado, Jon, congelado, muerto de miedo. Mientras aquel animal completa su tarea, tu mente no puede pensar en nada. Tu cuerpo sí. Tus músculos te empujan al río. Tus tendones se tensan para lanzarte al agua gélida. Todo tu ser se sumerge en el agua helada y avasalladora. La mala bestia escucha la zambullida. Intenta agarrarte, pero no puede. Tu cuerpo sin control se pierde en la oscuridad del torrente. El monstruo agarra una piedra del fondo y la tira con fuerza allí, por donde supone que escapas. No ve nada más. Solo los reflejos de la Luna que han inspirado tantos versos.

Vuelve a su faena en solitario. Palea con su improvisada guadaña hasta que el último trozo del cuello se separa del tronco. Luego cubre con tierra el resto vertical de Elena y tira al agua su cabeza lo más lejos que puede. Aún ningún buitre, halcón, gavilán, milano o cernícalo, tiene noticia del suceso. Las aves depredadoras no distinguen si sus presas son víctimas de otros animales que matan para comer o de un asesino que mata por el simple gusto de matar.

Ya estás en ninguna parte

Cuando amaneció en la aldea, el césped brillaba más verde que de costumbre. Jon tomó su té matutino con una tostada y aceite. Recogió todo, enfiló hacia la casa de Eva y tocó a su puerta. Eran las 8 de la mañana. Tocó una vez, dos y, cuando ya estaba a punto de abandonar la visita, apareció un ser despeinado, arropado por una bata gruesa. Era Eva.

Jon sonrió. Era lo que había planificado hacer en caso de que la puerta se abriera.

–¿Qué se le ofrece? –le preguntó Eva evitando la coletilla: a estas horas.

–Me preguntaba si le importaba que cortara el césped.

Eva apenas reaccionó. A esa hora daba lo mismo si la pregunta era si estaba dispuesta a viajar a la luna o tirarse del farallón en parapente.

–Si… quiero decir que si, que no me importa –dijo esperando respuesta. Jon seguía sonriendo delante, como si fuese un anuncio de una gasolinera ante un coche en reserva–. El cortacésped está en el huerto. Puede cogerlo cuando quiera. Al lado hay un bidón con gasolina. Por si la necesita.

–Gracias –dijo Jon y se marchó. Eva quedó un rato allí preguntándose por tan extraño comportamiento de ambas partes, pero estaba demasiado dormida. Necesitaba despertarse o terminar el sueño donde estaba. Subió a su habitación arriba pensando qué hacer. Se acurrucó en la cama de nuevo y se quedó grogui.

Ni siquiera el ruido de la máquina seccionando, amputando, talando, podando, segando, trinchando, guillotinando hierbas y arbustos le perturbó lo más mínimo. Durmió un par de horas más por lo menos. Luego se levantó, se duchó escuchando a Dave Brubeck, desayunó un preparado vegetal y salió a terminarlo en el jardín, bajo el sol.

–Buenos días –saludó a Jon. No la escuchaba, pero la veía mover los labios. Supuso que le hablaba. Apagó la máquina–. ¡Vaya trabajo!

–Falta ese pedazo de ahí –dijo indicando lo que era evidente.

Luego se hizo el silencio. La pausa incómoda entre dos inadaptados.

–¿Es canaria? –preguntó Jon para romper el hielo. Eva sonrió.

–No. No es la primera vez que me lo preguntan. Soy cubana. Bueno –hizo una pausa–, en realidad soy más de aquí que de allá, pero… aquí solo llevo unos meses. Soy una cubana-gallega –sonrió.

–Me gusta su acento.

–Puedes tutearme. No soy mucho mayor que tú.

Claro, quizá Eva tuviera, como mucho, cinco o seis años más que Jon; pero esas cosas no se preguntan, de esos temas no se habla, es tabú. Eva se percató que el semblante de Jon había cambiado. Ya no parecía un muerto. Le estrecharía la mano de nuevo para comprobarlo, pero no venía a cuento. Jon también tuvo otra impresión. Las primeras impresiones nunca son definitivas. Por el contrario, suelen ser erróneas, aunque la piel no miente. El sufrimiento se transpira. Es algo que se puede oler y atufa.

–Déjame terminar. Te aviso.

Eva volvió a la casa y el ruido volvió al jardín. Un rato después llegó el silencio y sonó la puerta. Eva le invitó a pasar.

Jon rechazó la invitación para no ensuciar el suelo con el lodo. A cambio le ofreció un té frío en el jardín. Jon esperó contemplando su trabajo; balanceándose con suavidad en un antiguo sillón de tapizado reciente. Eva salió con una bandeja. La colocó sobre la mesa y se sentó enfrente, en un banco fijo a juego con el balance.

–Supongo que te debo un montón de pasta.

–No. No me debes nada. Pensé que debía hacerlo…

–No tienes por qué hacerlo…

–Lo sé. En realidad… quería hacerlo para… para hablar contigo… no lo tomes a mal. Pero desde aquel día… no nos habíamos vuelto a ver y… aquel día fue un poco extraño. Creo que saludaste a una persona que no soy.

Eva no dijo nada. El silencio exigía mayores explicaciones. Es importante saber callar y escuchar.

–Vengo de Madrid… Pero, en realidad…

Las palabras no salían. Eva sabe lo que es sentir eso.

–No hace falta que digas nada.

–Espera… esto lo hago por mí. Te parecerá extraño… Pero, en realidad… creo que me ayudará a vivir aquí… al lado tuyo… en tu casa.

Eva sonrió. Agradeció su sinceridad tan incompleta. Eso era ya un buen comienzo.

–¿Sabes quién soy?

–Claro. Eres Jon. Vivías en Madrid. Alquilaste la casa por Internet con intención de quedarte un tiempo… indefinido y… aquí estás. Eso eres.

–Claro –aprobó Jon. No iba desencaminada. Ahí podía dejarlo, pero cualquiera que sufre de por vida sabe que la regla número uno del alivio y el perdón es la aceptación. Quizá podía esperar a otro momento; pero ahí estaba Eva, tan distinta a como la imaginaba, tan igual a como se sentía él, escuchándolo sin interrupción; dedicándole todo el tiempo del mundo sin cita previa.

–¿Hay algo más que deba saber?

–Quizá si. Quizá no. Pero prefiero que te enteres por mí. Si buscas en una hemeroteca tardarás cinco minutos en saber quien soy en realidad –Eva se incorporó. Enderezó su cuerpo en señal de alerta–. No. No. No te voy a hacer daño. Soy inofensivo. No tienes por qué preocuparte. En realidad soy poca cosa. Soy incapaz de matar a una mosca –dijo y Eva sintió una empatía instantánea. Sus neuronas reflejos bajaron las armas–. He venido huyendo; pero no de alguien, sino de mí mismo. Sufrí un terrible percance… prefiero no entrar en detalles… aún no lo he superado… y, la verdad, no se si este tipo de accidentes se pueden superar alguna vez, pero… siento asco de mí mismo… de ese que puedes leer en cualquier periódico. Se han dicho cosas terribles de mí… Cosas demasiado duras. Muchas son verdad, otras son horribles, morbosas, asquerosas. He venido a este lugar, no para conocer a alguien, sino para que nadie me conozca a mí. Quería decírtelo y de hecho… siento una especie de liberación. Si quieres que me vaya… no hay problema. Llegué aquí por pura casualidad… así que puedo seguir a otra parte.

Entonces la pausa se hundió en la tierra. La hierba cortada empezó a secarse. El sol se escondió detrás de una nube. Eva dejó de respirar. Pensaba en si de verdad aquél hombre, que apenas sabía cómo pedir autorización para cortar el césped, podía ser sospechoso de algo. Se preguntaba si el investigador sabía todo eso o si no lo sabía porque era falso. Deseaba que hubiera detectores de mentira invisibles que ayudaran a las personas a no equivocarse. Emitir juicios gratuitos es dañino, letal, pero creer que todo el mundo es bueno puede costar muy, muy caro. Tenía que confiar en su defectuoso instinto. Después de casi un cuarto de hora, Jon se levantó para irse, pero ella le detuvo.

–Todos de una forma u otro huimos Jon… Todos tenemos una sombra de una talla diferente a la del cuerpo… Quédate. No tienes que irte a ninguna parte. Ya estás en ninguna parte. Como yo… ya eres parte de este lugar.

No quiero morir solo

Es increíble lo simple o complicado que puede resultar lo mismo. Dos años de fracasos migratorios y en menos de una semana, Eva, tu viaje estaba listo. Luis puso el dinero y también contactó con un abogado en la Habana para que se encargara de todo. Las redes invisibles entre Habana-Miami son increíbles. Había conseguido los dólares. Antes y ahora todo era y es cuestión de dólares. Antes pudo cumplir con su parte del trato, pero no lo hizo. Tú misma rompiste el contrato. La humillación rescindió el compromiso. El plan B2 se extinguió solo. Ahora todo es diferente. Este es el plan "no quiero morir solo"; el último e improvisado no plan, apestado de cobardía, ruindad, crueldad, insensibilidad, vergüenza, deslealtad, perfumado con compasión, lástima, misericordia y condolencia. Luis se encargó el solito de su vejación esta vez.

Tú nada más debías seleccionar qué dejabas y qué te llevabas. ¡¿Solo?! ¿Qué parte de tu vida cabe en una maleta? ¿Qué parte de tu patrimonio salvarías de un naufragio? ¿Qué te llevarías a una isla desierta? Al final decidiste pagar exceso de equipaje. Pediste la baja en el museo. No dijiste que te ibas para siempre: solo de ida y vuelta, apremiada por una causa mayor. Allí ni siquiera imaginaban que podías estar casada. Eras un misterio, pero apenas una interrogación insignificante en una nota a pie de página. Para ellos no matabas ni a una mosca. Después de aquella duda todo quedó más que claro. No dabas problemas. Apenas hablabas. Todo te parecía bien. ¿Qué más se puede pedir? Ese es el estado perfecto que necesita una Revolución cuando deja de ser una Revolución: obreros en modo hibernación, obedientes, incondicionales, dispuestos; brazos, no cerebros. Tú para ellos eras todo eso y más. No vieron ningún problema en autorizarte. Incluso si te quedabas, tampoco pasaba nada. Mucha gente lo hacía, cada vez más. Era algo que iba pasando a la normalidad política-ideológica del país, como si nunca hubiera sido anormal.

Cogiste muchos libros, luego fuiste soltando lastre, con dolor, con estrangulamiento; ya los conseguirías de nuevo. Los imposibles, los que compartiste con Jesús, los peligrosos en extremo, suponiendo que existieran, perderían ese valor inmaterial de la insurgencia, del "momento" y "lugar" de la experiencia. Esos debían exiliarse contigo. Emigrar exige repetirse, recrear una y otra vez tu patrimonio, lo que te arraiga, lo que alguna vez significó algo importante en tu vida, en lugares ajenos. Cogiste todos tus papeles: la inscripción de nacimiento, los carnés (incluido el de identidad), el pasaporte, las inscripciones de tus ancestros, la libreta de racionamiento, todo. Cogiste todas las fotos de Jesús, sus escritos y notas, sus dibujos, sus casetes, sus aromas. De Luis, nada. La casa apenas lo recordaba. Nada suyo merecía memoria. Él se encargó de devaluarlo todo. Entregaste tu casa, alquilada en la mas normal ilegalidad cerca de La Rampa, con todo lo que habías comprado para ti, con todo lo prescindible que dejó Jesús y también con todos los restos de Luis, el infame. No podías con todo. Así que cogiste lo elemental, lo más práctico y lo más inútil, lo que te podría servir objetivamente y también lo que te podría reconfortar subjetivamente. Todo lo que quedaba en medio se quedó. A eso lo llaman lastre. El casero lo agradeció.

Llegaste a Hialeah un día tormentoso y gris con la mente atormentada en blanco. Alguien te esperaba con tu nombre escrito en un cartel para llevarte hasta Luis. Intentó darte palique durante el viaje, pero tu llegaste ciega, sorda y muda. Encontraste un paisaje extraño y familiar a medias. Entraste a aquel cuartucho en medio de la negrura y la humedad en pleno día, solo alterada por aterradoras ráfagas de luz en las nubes.

Luis tosía en la cama. No podía mirarte. Tú te quedaste en el umbral de la puerta. Sentiste pena y una repugnancia embarazosa. Corriste hacia el baño y vomitaste. Luego volviste, después de enjuagarte la cara muchas veces, y encendiste la luz. Aquella habitación hedía a muerte, rugía a muerte, irradiaba muerte. Dejaste tu Biblia sobre la mesilla. Luis no podía mirarte. Solo tosía y tosía y largaba coágulos de sangre en una palangana plástica verde. No dijiste nada. No había nada que decir.

Pruebas mojadas

El flaco había entrevistado a toda la villa. Sin excepción. Le costó. Muchos trabajan en el mar o fuera del lugar, o las dos cosas, la mayor parte del tiempo. El orden de las entrevistas influye, pero él sabe que no debe influir. Debe coleccionar todos los testimonios, como las piezas de un puzle, y luego intentar armar la figura que le lleve al autor del crimen.

Se sabe que fue un hombre. Se sabe que la chica contenía una dosis alta de cocaína y alcohol en sangre. Quizá el hombre también. No había huellas dactilares, ni rastros de sangre o de semen. Nada de fluidos. La cuerda que ataba sus manos era un cabo de soga polysteel 8 mm de 1 metro. Se vende por metro en eBay por menos de 3.0 €. La ropa fue desgarrada con violencia. No le quitó las botas. La tiró de espaldas, la golpeó con fuerza y mientras yacía inconsciente la penetró desde atrás destrozando su virginidad. Había signos de desgarro vaginal, pero nada de semen. El asesino había usado preservativo y con seguridad se lo llevó con él. Después de haber sido violada le rompió el cuello de un giro brusco y la dejó allí, enterrándose en medio del lodo, mientras continuaba lloviendo.

La lluvia actuó de cómplice. El aguacero provoca que la gente se refugie, que los fluidos se borren, que los restos se pierdan. Solo quedó la huella de una rueda ancha y profunda, que se perdía un poco antes de la orilla del río.

Nadie sabía nada. Todos tenían una coartada. La investigación tenía que ser más psicológica. Con suerte alguien que supiera algo terminaría revelándolo: a un amigo, en sueños, ante un cura, o por una equivocación estúpida. El flaco debía tener paciencia, aguzar la suspicacia. El caso parecía complicado. Nadie sabía los detalles. Aquella chica, a la que todos acusaban de puta, era virgen. ¿Consumiría drogas?, ¿alcohol? Tal vez le engañaron. Es fácil estafar a una niña que juega con ser adulta. Creen que lo saben todo, pero están expuestas, son vulnerables al cien por cien; incluso en un lugar donde todos se conocen. La niña conocía a su verdugo.

¿Quién eras?

En el mundo hay ermitas muy pequeñas donde antiguamente enterraban de pie a sus curas y monjes. Era una cuestión práctica; yacentes, solo cabrían unos pocos pioneros. Pero la muerte iguala a todo el mundo, aunque el enterramiento siga siendo clasista. Algunos criminales entierran de pie a sus víctimas; parece patológico. Tú no llegaste a ver tu agujero, Jon. ¿Qué planes tendría el verdugo para ti? Es una pregunta que tendrás que hacerte el resto de tu vida.

A la mayor parte de Elena la hallaron de pie y sin cabeza unos que, como tú y ella misma, acudieron a Las Payas para disfrutar de las aves. Avisaron a las autoridades. Le encontraron de inmediato. La bestia fue dejando rastros por dondequiera que pasó. Parecía ido, torpe, idiota. Como en tantos otros casos, había estado preso en repetidas ocasiones. Es un patrón persistente. La prisión aísla, no corrige. Tenía que presentarse una vez a la semana ante la autoridad judicial. En la última ocasión no lo hizo. Era un sospechoso de manual. Nada más arrestado se declaró autor de los hechos en presencia de su propio letrado defensor. Llevaba consigo una pala portátil, de esas prácticas para jardín y *camping* que puedes comprar dondequiera, con la hoja afilada para cortar un pelo. Cuando llegó le dijo: "Abogado, vas a defender a un asesino"; según contó la policía.

De ti, Jon, tuvieron noticias casi al mismo tiempo. Caíste al río en un estado catártico. Te libraste de las cuerdas sin saber cómo. Nadaste en modo automático. Te orientaste de puro milagro. Llegaste a la orilla y saliste corriendo como una máquina programada para sobrevivir. La gente te vio desorientado, adolorido, herido; sintió miedo y llamó a la policía. No pudiste decir ni una sola palabra hasta muchas horas después. Llegaste al borde de la hipotermia, como si te hubiera atropellado un tren sin control, como si hubieras muerto y revivido.

La policía sabe quién eres. Solo necesitan saber qué hacíais allí. No puedes explicarles. Por la mañana, unos piragüistas encontraron la cabeza de Elena sobre un pequeño dique y las piezas fueron encajando. Todo se supo. Tú, Jon, recuperaste la voz y seguiste llorando, todo lo que pudiste. Te sentías culpable, cobarde, deleznable. Según tú mismo confesaste a la policía, ni siquiera tenías valor para quitarte la vida.

El suceso conmocionó a Zamora. Elena era querida en su tienda, en su vecindad, en el Amor de Dios, en la Real Cofradía del Santo Entierro. Nadie podía entender por qué tanta crueldad, tanto desatino. Jon, tú quedaste destrozado, cortado en mil pedazos imposibles de unir. Cada vez que cerraba tus ojos, la bestia arremetía contra el blanquísimo cuerpo de delicadas proporciones de tu amada. Cada vez que cerrabas los oídos, llegaban los gritos más espeluznantes que masticó tu novia, sepultados por el ruido que hace la carne ante el envite del hacha improvisada. Cada vez que tocabas tu pierna, sentías a las aves rapaces desgarrándote tendón a tendón, músculo a músculo, hueso a hueso. Tu exterior era un salón de juegos en comparación con tu interior. En el hospital, mientras revisaban tus heridas, caíste en un coma autoinducido, en una especie de muerte voluntaria, en una catalepsia general irreducible.

Abriste los ojos tres meses después. No te acordabas ni de quién eras.

Tomemos el asunto son asepsia

No volviste a dirigirle la palabra a Luis. Le cuidaste con la asepsia con la que una enfermera asiste a un paciente. Solo que tú, Eva, no eras sanitaria y él no era un enfermo, sino un moribundo. Él intentó suplicarte palabras, pero la tos le ahogaba y aceleraba su desesperación. Nunca sabrás si se fue arrepentido de traerte. Nunca sabrás si fue una manera de componer su pacto. Nunca sabrás cuándo perdió la conciencia. Pero la realidad se fue. No se podía levantar. No podía comer. No podía mirar. Solo toser, toser y toser, largando en cada esputo vísceras desgarradas y sangre. Tú cambiabas los sueros que le alimentaban y sedaban de manera artificial y te sentabas a su lado ajena, involuntaria, impotente, para percibir la fuerza de la muerte. Ningún Dios podía evitarlo. Ninguna oración. Leías la Biblia para ti, para hacerte más llevadera la desgracia de ver como un ser expulsaba su cuerpo por la boca, como se vertía consumiéndose, agotándose, apagándose, como se consumía el acto de la destrucción. Charly García cantaba *No te mueras en mi casa*, pero esa no era tu casa, ni tu altillo. Aquí no había música.

Un día echó un trozo grande de carne gris, sin el cual ya no era posible respirar más. Un silbido sordo, agudo, desvalido, se apagó en el silencio. Nada. Su cuerpo ya no emitía el más leve suspiro. El único sonido que inundaba el cuarto era el goteo indiferente del líquido que caía de la botella. Habías llamado a un cura y a una enfermera. De alguna manera sabías que los necesitarías. En ese momento no derramaste ni una lágrima. Tu salvador se fue de la forma peor forma de irse. No pudiste salvarlo. Nadie podía. Solo cumpliste su última voluntad: acompañarle en sus últimos momentos, ser testigo de la devastación de un cuerpo, del sometimiento de la naturaleza sobre cualquier voluntad, de lo insignificante que es la vida ante la muerte.

De allí lo trasladaron al hospital, al crematorio y al Memorial, en ese orden. Todo lo que dejó, apenas alcanzó para sufragar los gastos. Morirse cuesta dinero. Todo es un negocio. Todo es mercancía. Jesús no podía venir a verte. No podía escribirte más cartas. No pasaba por un buen momento, pero no podías saberlo. Lo intuías aunque no sabías porqué. Es lo que pasa cuando conoces bien a alguien. Callan para no herir, pero el silencio les delata. Las tragedias se atraen. Se llaman unas a otras.

Por fin dabas un portazo a una parte de tu vida. Clausurabas una puerta que se abrió con un aparatoso accidente. ¿Ahora qué? Ahora sí lloras; con más fuerza que la lluvia huracanada que te recibió en el aeropuerto internacional de Miami. Tus glándulas lagrimales despliegan toda su potencia. Nunca habías llorado así, con esa abundancia densa y salada. La llorera quería salvarte y casi te mata, quería abrigarte, alimentarte, y casi te ahoga.

Después vino la calma, una extraña paz después de un bombardeo. El odio es una esponja; sin agua se seca. El miedo corre con el rabo entre las patas. Te abandona para siempre. También la ilusión te deja. Algo en ti se paraliza y tranquiliza. Ya has visto lo peor y has perdido la emergencia. Nada te asusta y nada te entusiasma. El tiempo, siempre etéreo, gaseoso, se hace líquido, denso. Nada te interesa. Ahora empieza tu viaje hacia otro mundo. Un mundo que no conoces. Pero te importa una mierda.

Hialeah

Hialeah no te gustó. Miami no te gustó. Estados Unidos de América no te gustó. Lo intentaste, pero no sirvió. Gente demasiada ocupada en ganar y gastar dinero. Gente demasiada insatisfecha. Gente sin tiempo. Gente sola. Gente abandonada a su suerte. Jesús no podía localizarte y tú tampoco a él. Desapareció. Desapareciste. A veces la gente se pierde. Gente perdida. Gente sin contacto. Gente conduciendo. Gente sola en interminables *expressways*. Gente perdida en gigantescos *malls* repletos de lo que no necesitan. Gente comiendo mal. Gente que toma pastillas para dormir y para adelgazar y para pensar. Gente en casas enormes llenas de televisores y carros. Gente que tiene quince días de vacaciones cada cuatrocientos. No te adaptaste Eva. No tenías con quién, ni de qué hablar. No te gustó.

Te mudaste a otra habitación igual, que no era la misma. No tenías mucho dinero y, a pesar del desgano, tenías que reorganizar tu vida. Rellenaste planillas de ayuda y solicitaste prestaciones. No querías que te regalaran nada; solo necesitabas algo para empezar. Te lo dieron. América es grande. Muchos cubanos aún viven de su grandeza. América, que no es América, sino un montón de estados unidos de América, es el lugar de las oportunidades.

Muchos piensan que si no consigues el sueño americano es porque eres un vago, no por incapaz, pero muchos pasan las horas de sueño en solitario por las grandes carreteras camino de ida o de vuelta del tercer o cuarto trabajo mal pagado. América te espera porque eres cubana, por fastidiar a los militares de enfrente, mientras da una patada en el trasero a mexicanos, nicaragüenses, haitianos, salvadoreños, etc., sin dinero, sin papeles, sin estudios, sin oportunidades. América no te acoge porque te persigan, torturen o castiguen en la cárcel; te recibe con ayudas para que te libres del gran hermano verde empeñado en controlar todo lo que lo no es necesario controlar y en descuidar todo lo que es de verdad importante cuidar. América seduce.

Las castas de cubanos, como capas de cebolla, llegaron en aviones, en barcos, en lanchas, en balsas, en tablas de *windsurf*, en engendros mecánico-hidráulicos, atravesando fronteras por toda América central en largas travesías. Desde Panamá, Costa Rica, México, Belice, Venezuela, Brasil, Ecuador. Desde España, Rusia, Francia, Italia. Desde por donde cada uno pudo escapar. América tiene un trato especial con el cubano; llegue con los pies secos o mojados. Algún día se acabará; pero, mientras dure, los cubanos siguen engordando la Florida y siguen teniendo tema de conversación: el bloqueo, el tirano, el castrismo, el asesino, los chivatos, la libertad, el béisbol, el dominó, etc.

Conseguiste empezar de nuevo y necesitas poco. Eres libre. Tienes muy poco que perder. Recorriste galerías de arte, te acercaste a fundaciones y asociaciones, pero tú no eras confiable. Pertenecías a la última casta: la recién-llegada. Cuanto más actual, más sospechosa. Nadie te ofreció nada. Las caras conocidas se perdieron para evitar decirte que no. Las caras desconocidas no aceptaron compartir el pastel.

Viajaste al pasado y te quedaste sin presente. Para sobrevivir empezaste a diseñar y coser ropa como si fuera para ti y a través de los extraños vínculos del exilio, entre esos conocidos y desconocidos, conseguiste clientes. Tú ofrecías moda glamurosa barata y exclusiva y ellas pagaban con gusto y encargaban más para revender y lucrarse en los círculos adecuados. Eras una especie de minorista a la máxima expresión. Llegó un momento en el que la demanda superó la oferta, pero no podías contratar a nadie. Se te ocurrió una forma ingeniosa de resolverlo. Diseñaste patrones de prendas delimitados por finísimas cremalleras. Cortabas el mismo patrón en diferentes telas que podías combinar con otras abriendo y cerrando aquellos mini *zippers*. Tu posmodernidad se puso de moda en todo el mundo del arte miamense y los ecos llegaron por sorpresa a New York, San Francisco, Los Ángeles, Boston. Al final, la mismísima Michelle Obama exhibió una prenda tuya. La pequeña Eva, trabajadora como una hormiga, se fue haciendo la gran Eva.

Llegó el momento en que debías cambiar de rumbo y decidiste. Tenías una lista de espera interminable: ricachonas nativas, mujeres de ricachones, famosas y famosos, artistas, presentadoras de televisión, ricachonas extranjeras. A Miami le gusta el éxito, el glamour, las clases y las castas y lo aprovechaste. Tu don, que hasta ahora solo había servido para diferenciarte de una masa gris, inerte y amorfa, resulta que tenía su propia clientela colorida, exclusiva y exótica. Creaste una línea tan selecta como cara. Todo era súper. Cada pieza única, irrepetible, a medida. La gente paga por la exclusividad. Funcionó, hasta el punto que podías vivir, gastar y ahorrar para seguir viviendo solo con los dividendos de esta selectiva casta. Te enriqueciste. En silencio, sin armar ruido, sin buscarte enemigos, te lucraste.

Te hacían encargos de bodas, bautizos y comuniones; todo *top*, *high*, *hot*; de presentadoras del tiempo, de deportes, de noticiarios; de entrega de premios, de galas benéficas, de carreras de perros y coches, de partidos de tenis: Torneo de Roland-Garros, Campeonato de Wimbledon, Abierto de Australia. En la *jet set* se hablaba de tus modelos, pero tú no aparecías por ninguna parte. Tú solo firmabas, EvA, con la E y la A en mayúsculas, y cobrabas.

Siempre fuiste muy creativa, Eva, y tenías muchas referencias desde donde innovar. Le sacaste partido y cumpliste el sueño americano. Sin embargo Miami seguía siendo un ecosistema hostil para ti. Viajaste a otras ciudades. Tu floreciente actividad empresarial te lo permitió; podías ir a la mismísima Casa Blanca en Washington de haberlo querido. Pero no te interesaba. Pensaste mudarte, pero no iba a funcionar. También en esos estados la gente puede matar solo por disponer de un arma de manera legal. También allí se vivía de una manera que no era la tuya. No. Ya era hora de cambiar de rumbo para siempre. El mundo es mucho más grande que Estados Unidos de América, aunque muchos americanos y cubano-americanos y extranjero-americanos no lo sepan. Pensaste en tus abuelos, en tus bisabuelos y tatarabuelos. Habías traído todos los documentos familiares oficiales compulsados como es debido y, en definitiva, la globalización te permitiría mantener el negocio desde fuera. Pensaste en tomarte unas vacaciones, en hacer un largo viaje, en cruzar el gran charco. Así que fuiste a una agencia y reservaste billete. Tan simple como eso, con destino a Madrid.

Suceso

Cuando te despertaste, Jon, no sabías quién eras, pero el resto de Zamora, Madrid, España, parte de Europa y algún trozo del mundo más, te conocía de sobra. Fue el suceso más comentado, expuesto y saboreado en los medios durante todo ese tiempo. Era tan espantoso, terrorífico, horrible, horripilante, aterrador, pavoroso, escalofriante, espeluznante, que atraía a la gente como la mierda fresca a las moscas. El morbo es retorcimiento, enfermedad, dolencia, afección, trastorno, perturbación, malestar, pero vende más que cualquier experimento científico que erradique el Alzheimer, la esclerosis lateral amiotrófica (ELA) o la enfermedad de Parkinson. Vende más que el descubrimiento de un nuevo planeta o el desarrollo de una nueva energía ecológica. Vende más que los amantes de una súper modelo o los excesos de un súper *star*. Lo bizarro, que la real academia de la lengua define como valiente, arriesgado, generoso, lucido, espléndido, es aceptado en general por el vulgo con el significado de extraño, raro, insólito. Es el circo mediático, la proteína de la vulgaridad, la ordinariez y, lo que es peor, de la incultura, la simpleza, la intrascendencia; la leña del fuego que arde sin calentar.

Al salir del hospital te encontraste con un aluvión de fotógrafos y gente impertinente, que se hacía pasar por periodista. Te recordaban hasta los desconocidos. Tus padres te llevaron de vuelta a casa. Apenas te reconocían; pero eras su hijo único, cuyo nombre figuraba en el libro de familia, cuyo rostro aparecía en los álbumes de fotos. Eras el hijo al que celebraron cumpleaños, pagaron los estudios y vieron crecer. Eras su vástago y debían ocuparse de ti. Debían protegerte como protegen los animales a su crías. Debían acomodarte en la cama donde ya no cabías, hacerte meriendas y comidas y velar por tu sueño.

Las noches fueron un infierno. Apenas cerrabas los ojos aparecía él, el monstruo, de entre las sombras. Sin rasgos, sin corazón, pero con una verga sucia y deforme y unos brazos largos terminados en palas de jardín, surgía de la nada para jugar con vosotros. Algunas veces, Jon, le ofreciste tu virginidad. –Viólame a mí. Haz conmigo lo que quieras, pero deja que se vaya –Él no entendía. Rompía, desgarraba, descuartizaba las ropas de Elena y la destrozaba sin piedad. La sangre salía disparada como en las películas de samurái japonesas o en las de Tarantino, y en medio de tanta humillación y vergüenza, desprendía su cabeza de Medusa convirtiendo en estatuas de sal todo lo que se cruzara ante sus rayos. Otras veces, Jon, callabas. Te quedabas petrificado, sin voluntad, como espectador exclusivo de la barbarie. Te orinabas encima, pero el cuerpo ya no era tuyo. Te abandonaba. Eras como una piedra o una rama del camino, un engendro del reino vegetal o mineral insensible, cobarde, mínimo, insignificante.

Los días fueron como unas vacaciones en las tinieblas. No podías leer el período, encender la radio o la televisión, abrir Facebook o el correo. Después de la lástima, vino el injusto castigo. ¿Qué ser es capaz de contemplar todo ese horror sin inmutarse? ¿Cómo es posible que te salvaras? Pasaste de víctima a sospechoso y, apenas sin notarlo, a culpable. Esto es el circo queridos amigos. Pasen y vean: el hombre bestia, la mujer sin cabeza, el enano traidor.

Incluso tus padres, obligados a quererte, a apoyarte, a confiar en ti, te empezaron a mirar con desconfianza. Los rumores roen; tienen el mismo filo psicópata de una pala de jardín. Matan a largo plazo, pero terminan venciendo. El papel cuché es pasto de la ignorancia, vitamina para la crueldad. El enjuiciamiento moral no tiene normas; se rige por las leyes de mercado. Se alimenta de las ventas. Las víctimas son lo de menos. La mentira solo es un estadio primario de la verdad. De tanto insinuar, repetir, exagerar, cualquier cerebro con electroencefalograma plano es capaz de inferir las historias más extravagantes. Es un proceso aleatorio retroalimentado. La verdad no depende de los hechos, sino de la opinión; depende de tertulianos, pseudo-periodistas, exhibicionistas en busca de fama, falsos reporteros, paparazzi, y una larga fauna de analfabetos públicos que estimulan la audiencia.

Aparecieron ex colegas hasta de la guardería. La mayoría había sospechado de ti. Sacabas buenas notas cuando todos suspendían. No te peleabas con nadie cuando os atracaban a palos en las fiestas de los respectivos pueblos (incluso muchos zamoranos de pura cepa, vienen de pueblos pequeños cercanos), nunca tuviste novia, ni atracción especial por alguna chica en particular. Hasta tus amiguetes de juerga en Salamanca habían leído mal tus señales. Eras un tipo raro, excéntrico, retorcido. Una chica confesó que intentaste violarla. Otra que le pegaste justo cuando te corrías. Otra dijo que preferías verla masturbándose y otra que estabas obsesionado con hacer un trío.

Construyeron un monstruo, poco a poco, pasito a pasito, hasta donde les fue rentable y luego se olvidaron de ti. La red de las redes funciona así. Es rápida y eficaz destruyendo al por mayor; mucho más que construyendo. Es viral y parcial. Nadie comprueba la veracidad del mensaje. Los internautas no tienen tiempo, ni rigor. Habían nuevas violaciones, asesinatos; abundante carnaza. Ninguna con la fuerza de tu patetismo, pero la competencia es la competencia. Ya no dabas para mucho más. Pasaste de moda. Ya no les servías. Fue así como te dejaron en paz. Pero tú no quedaste en paz.

Tus padres, que debían creerte hasta la muerte, empezaron a dudar y, en cuanto vieron que te las apañabas tú solo, te invitaron a regresar a tu vida ordinaria; es decir, a Madrid. Estabas de baja, si no tomabas el cóctel bomba, al borde del coma, apenas podías dormir. Las ojeras te colgaban por el cuerpo. En tu trabajo no tenían prisa porque te reincorporaras. Pero tú no podías volver por mucho que quisieras. Tu cabeza era como la de un niño que nace enfermo. Tu cerebro era una archivo de monstruosidades nunca documentadas. Lo que viste activó una serie de conexiones prohibidas en cualquier anatomía neuronal. Todos los días te hacías la misma pregunta. ¿Por qué no pude hacer nada? Todos los días seguías sin tener respuesta.

Apenas salías a la calle. Solo cuando tenías consulta. Debías ocultar tu deformación a la gente. Debías ponerte las gafas más oscuras y la gorra de béisbol con más sombra, pero eso te delataba. Todo el mundo te señalaba con el dedo, te marcaba con la vista, cruzaba a la otra acera, se apartaba con disimulo descaro. Apestabas. Tú debías enfrentarte a todo eso, y más, un día tras otro, en casa y fuera de casa. Ya ni siquiera tenías claro que pasó. Era posible que hubieras ayudado a la bestia a atar a Elena, que la hubieras violado primero, que le hubieras marcado por donde le dolía, que hubieras afilado su ridícula pala, que hubieras limpiado su falo embadurnado de mierda y lo hubieras guardado en su bragueta. Todo era posible, excepto vivir. No tenía sentido. No podías. Tenías que acabar con eso que algunos llaman vida sin tener ni idea de lo que es.

112

Jon, volviste al candelero cuando se partió la cuerda que debía ahorcarte. Regresaste a tu casa yuppie de Madrid. Buscaste "cómo ahorcarse" en Google. La primera entrada, en una cajita, te echó para atrás.

¿Necesitas ayuda? España:
902 50 00 02
Teléfono de la Esperanza

Horario: 24 horas al día, 7 días a la semana
Idiomas: español
Sitio web: telefonodelaesperanza.org

Pensaste que incluso podrían rastrear tu IP y aparecer en tu casa para impedirlo. Tuviste que improvisar. Ataste el primer cabo que encontraste, un trozo de cuerda de casa de campaña, al techo del baño (ahí había una buena argolla) e hiciste lo que imaginaste que te aconsejaría cualquier manual de suicidio. Cerraste la tapa del inodoro, te pusiste de pie, encima, pasaste el lazo de la cuerda por tu cuello y te tiraste al suelo. Estabas bien atado, la cuerda era fuerte, la argolla bien incrustada, pero algo falló. Quizá fue la fuerza con que te lanzaste, quizá fue Elena, quizá esas cosas raras del destino. Lo cierto es que, después de patalear un poco suspendido en el aire, a punto de perder el conocimiento por asfixia, te desprendiste del techo como un desconchado y caíste sobre el inodoro de porcelana que no tuvo más remedio que romperse y rajarte el trasero. Comenzaste a desangrarte; pero, también por alguna razón desconocida, la hemorragia se detuvo al rato de inundar el suelo con tu sangre espesa.

Cuando recuperaste el conocimiento pensaste que lo mejor que podías hacer era llamar a urgencias. Quizá te salvarían; es muy difícil morir de inanición o infección encerrado en un baño de diseño. Te arrastraste hasta el salón. Marcaste el 112, un número mucho más corto que el de la desesperación, y estropeaste tu propio plan. Tus padres viajaron a Madrid a verte. Nadie podía entender qué te había llevado tan lejos. Tú tampoco. No tenías valor para quitarte la vida. Eras un cobarde. Quizá fue un rapto de enajenación transitoria. Pero, como no resultó, pensaste que en realidad ni siquiera lo habías intentado en serio. Un verdadero suicida no puede fallar. No falla.

El regreso al hospital te costó casi medio año hospitalizado en psiquiatría. La mala fama te precedía. Te trataban bien, con profesionalidad; pero tú, Jon, sentías desprecio en cada cucharada de comida, en cada pastilla, en cada terapia. En una ocasión un loco te acusó de gallina. Hasta allí veían la tele. Salió por el salón moviendo los brazos: cló, clocloclococoó, cococó. Tú no te inmutaste. En definitiva tu cuerpo estaba deshabitado. Tu alma salió volando aquel fatídico día. El día en que debías morir y moriste a deshora.

Tus padres regresaron a Zamora y se mudaron a Valladolid. Allí eran más anónimos. No habían acudido a la televisión. No habían dado entrevistas. Por fin podían tener algo de paz. Te visitaban, Jon, una vez al mes. Llegaban, te traían algo de comida de una tierra que te era ajena. Fingías agradecerlo, que mejorabas, que podías ser fiable y luego ellos se marchaban dejándote con tus demonios y tus indeseables compañeros de viaje. Pasaste allí muchos días y muchas noches sin otra compañía que el vacío. Una cosa es la soledad y otra es el vacío. La soledad es estar solo. El vacío es no estar. Aprendiste a no estar, a renunciar a conatos de suicidio, a perdonarte un poco, a aceptarte a base de pastillas y terapias, de conversaciones en las que no estabas, de consejos que no habías pedido y del impulso incontrolable de la naturaleza por recuperar el equilibrio. Al final, cuando menos lo esperabas, te dieron el alta.

La vida es eso que no sigue igual

La vida es eso que pasa mientras estás ocupado con otros planes. Eso dicen que dijo, más o menos, John Lennon (en realidad lo cantó) antes de que Mark David Chapman truncara cualquier plan con cinco disparos. Lennon llegó al hospital después de haber perdido el 80% de su volumen sanguíneo. Nada se pudo hacer. Ni siquiera todo el amor del mundo, todo lo que necesitas, pudo contra la estupidez y la inhumanidad de un solo hombre.

El mal tiene más fuerza que el bien. Aún sigue por ahí, agachado, agazapado detrás de un arbusto, temblando de miedo y sobrado de necedad, prepotente y decadente, sin rostro, sin identidad, sin carácter.

La vida continuó, pero nada siguió igual. Jon empezó a mostrarse en la aldea. No era muy parlanchín. Eva tampoco. Las cosas cambiaron. No dejó de preguntarse qué empujaba a Eva hacia el filo del acantilado, qué podía oír entre el rugido del mar, qué cosa parecía manifestarse solo ante ella; pero dejó de registrarla. La archivó en la vida real. Vació la cámara de fotos, encriptó los archivos y los guardó en una carpeta de nombre igual a la fecha de ese instante. Pero Eva no desapareció de su vida virtual. La seguía en Facebook. Jon era una amiga de nombre Marilyn que vivía en Massachusetts.

Una desconocida que no publicaba nada, ni gastaba sus *Likes*. Una amiga que Eva desconocía por completo; de esas que acepta a veces sin saber quién es. Jon salía al portal y se sentaba, como quien disfruta del viento y la contemplaba sin reparos. Desde lejos cualquier cosa es susceptible de contemplación. Es imposible saber quién mira a quién o a qué. Mucho menos por qué, ni para qué. Eran miradas lejanas, carentes de intención y de voluntad. Era solo mirar por mirar. A veces Eva saludaba con la mano y seguía a su casa. A veces se acercaba y gastaban algunas palabras. Hablar por hablar.

Todo siguió más o menos así. No hablaban de más, ni de menos. Chus volvía una y otra vez. Jon seguía sus rutinas: ordenador, paseos, sociedad (si a esas dos pequeñas relaciones se les puede considerar amistades en la vida de verdad) y tranquilidad.

Las pesadillas remitían. Incluso Elena vino para convencer a Jon que debía olvidarla. «No eres culpable cariño, lo intentaste. Yo ni siquiera sé si lo hubiera intentado». Elena quería matar a ese monstruo, pero no podía. Los muertos no pueden atacar a los vivos. Los pueden torturar, pero nada más. Ella lo intentaba, pero la bestia tenía las neuronas en corto circuito. Estaba programado para no sentir. Era como una ameba o un virus maligno reencarnado por error en el cuerpo de una persona. Una especie de mutación genética del alma, de una anomalía, en un envase humano. ¿La maldad se hereda? La bestia seguía presentándose a Jon. Se reía en su cara. Se burlaba. Podía ver cómo montaba a la chica del pueblo tirando de su pelo, hundida en el fango. Podía sentir cómo se desgarraban sus tejidos en el interior de los suyos. A veces se despertaba sangrando por la nariz. Pero Elena se esforzaba. Jon cada vez dormía mejor. A veces encontraba alguna razón para seguir viviendo, distinta al miedo o la impotencia de ahorcarse, tirarse al vacío o cortarse las venas.

Chus era cada vez más descarada. Un día Jon la encontró limpiando la bañera en ropa interior; mojada del todo. Se dio la vuelta para evitar mirarla, pero ella le habló como si llevase mangas largas. Llegó a plantearse si las cosas por allí eran tan distintas o eran ideas suyas. Chus no se atrevía a insinuarse del todo, pero confundía a Jon con su comportamiento. Era guapa y fuerte, ruda y recia; Jon recordaba aún la presentación de su trasero redondo y blanco en el sofá; pero, a pesar de verlo un día si y otro también, no le excitaba. Eva tampoco le estimulaba. Su libido se ahogó en la oscuridad del frío Duero. Jon no era hombre, ni mujer. Era tal vez un cuerpo sin genitales con el alma destrozada.

Chus tenía tiempo de sobra. «Su marido nunca estaba». Jon ni siquiera podía ponerle cara. Pero había falta de correspondencia. Cualquier nativo hubiera respondido a la presunta provocación intentando penetrarla con la ropa puesta. Jon ni se inmutó. Chus empezó a sospechar de su sexualidad con una extraña mezcla de celos hacia Eva. Por alguna razón ajena a la casera y al inquilino, sentía competencia. «La que no mata ni a una mosca resulta que igual es una mosquita muerta».

Mientras tanto, los negocios femeninos seguían prosperando. Los pedidos de Eva seguían cruzando el Atlántico con regularidad, las gallegas cosiendo, y todas ganando. Los rumores se extendían y los paisanos empezaban a ver con orgullo a su Quiroga repatriada de ultramar.

Eva aún no se había aclimatado del todo. En Cuba no tenía a quien echar de menos. Aquí si. Jesús seguía en paradero desconocido. Pero, a pesar de haber vivido siempre cerca del mar y en medio del verde, allí había más frío durante más tiempo. La morriña es un sentimiento muy gallego y ella en definitiva era una gallega, casi de pura sepa.

Había muchas cosas, sin embargo, que no echaba de menos. Por ejemplo, los interminables discursos de Fidel, las mesas redondas, las inaguantables hipocresías de estado, la aburrida programación de la televisión, el enfermizo paternalismo, los estertores del destartalado sistema, las marchas del primero de mayo, las manifestaciones voluntarias obligatorias en la Plaza de la Revolución, las estúpidas guardias del comité, la enfermiza sospecha, la mediocridad de los cuadros políticos, la inutilidad de los dirigentes, las ridículas fanfarrias, la retórica estéril, los interminables apagones, el vaporoso y asfixiante calor, la imposibilidad de ser uno mismo y un largo etcétera, larguísimo. Tan largo, que si fuera una cuerda podría pescar a la Luna y lanzarla a Marte; por mucho que no tuviera ninguna utilidad.

Si tuviese una balanza y pudiera colocar en un lado todo lo que echaba de menos de Cuba y en el otro todo lo que apreciaba de España, la parte cubana saldría catapultada al más allá. Las comparaciones son odiosas, pero no tan innecesarias como se suponen. Es preciso vivir de una manera para saber cómo vivías de otra. Es necesario viajar, conocer, despertarte en otros lugares, para apreciar, o despreciar, el tuyo. Aunque, siendo del todo objetivo, los lugares no tienen la culpa. Metemos detrás del nombre de un barrio, una ciudad o un país, un conjunto de vivencias, de rostros, de rutinas, de aromas, de sensaciones, de inspiraciones. Lo arrastramos como un saco o lo tiramos por la borda. La geografía no tiene la culpa, son las circunstancias y los hombres los únicos culpables. Los padres de Eva se quedaron. Eva se fue. Del mismo país, hacia el mismo país; solo que al revés. ¿Es algo generacional? No lo creo, si no pregúntenle al viejo Quiroga.

Los tés en el jardín entre Eva y Jon se convirtieron casi en una rutina. En realidad no hablaban de cosas profundas, entendiendo como profundas esas cosas que provocan turbación, vergüenza, arrepentimiento, sobrecogimiento. Las conversaciones giraban en torno a libros, músicas, películas, series de televisión, el tiempo, acentos, costumbres, comidas, arte, artistas y otros tantos temas por los que merecía la pena repetir una y otra vez. Otras veces leían juntos, compartían silencio, cada uno con su libro y con su tema.

Eva había hecho sus deberes en la hemeroteca. Noticia tras noticia pudo sentir como su piel se estiraba y desgarraba, como se asfixiaba en el lodo, como se paralizaba de frío, como la gente ajusticiaba sin justicia, como el mal desdoblaba toda su fiereza, incluso desde el ser más insípido. La vida se había lucido con Jon; con ensañamiento y alevosía. Ni jugando a los dados Dios debería permitir algo así. Jon no era una víctima, sino lo más parecido a un mártir de la modernidad. Comparar no es bueno; pero, a su lado, Eva había tenido muchísima suerte. Era una privilegiada. Conocer la historia de Jon le causó un ataque de humildad. Le regaló una tranquilidad asombrosa. A su manera, Eva era feliz. Vivía sola, pero la felicidad está en uno mismo y en nadie más. Era algo que venía programado en sus genes, que sabía a la perfección. Jamás sintió la necesidad de compañía. Pensándolo bien, Jesús era lo más parecido que había satisfecho esta exigencia; pero lo dejó ir, porque de eso se trata. Lleva tiempo sin saber de él. La única manera que conoce para no abandonar es dar y dejar ser. De alguna manera, una parte de él se instaló dentro de ella y vive ahí alimentado como un bebé en su placenta. Algún día se lo contará a Jon. Debería hacerlo.

Con el té aún humeante y mirando al horizonte Eva le preguntó a Jon por qué había atravesado en bicicleta su huerto.

–¿Tu huerto? –«Si, mi huerto», podía reafirmar; pero no hacía falta–. ¿En bici? –«¡Estás loca!», podía responder; pero no lo hizo–. No he sido yo. Jamás he atravesado tu huerto con la bici. ¿Por qué lo preguntas?

–Porque la lluvia dejó una huella diagonal de unas ruedas como las tuyas y venían de tu casa. Justo el día antes que…

–Te juro que no he sido yo.

Ninguno dijo más. ¿La Santa Compaña? El extraño suceso de la chica del río seguía sin resolverse. Ni un solo detenido. La temperatura bajó unos grados y el sol se puso. Los dos sabían que la vida no solo no seguía igual, sino que aumentaba la alarma de riesgo.

Podía ser peor

Lo que empezó como un impulso acabó como una obsesión. El rechazo es el mejor alimento del exceso y la obcecación. Chus no podía más entre la pasividad de Jon y los celos a Eva. Empezó a esquivarla. Ni siquiera alcanzó a ser consciente de los acontecimientos. Acosaba a Jon, que empezó a sentir miedo y desasosiego ante su presencia.

El día que Jon más temía llegó sin remedio. Cuando entró a su habitación, a primera hora de la mañana y después de un largo paseo en bici, se encontró a Chus extendida en su cama con los brazos y las piernas abiertas. Un auténtico desperdicio, teniendo en cuenta la falta de correspondencia. Un cuerpo bello, muy blanco, coronado por un exuberante bello púbico oscuro, preparado para ser poseído. Cuando Jon entró, sudado del ejercicio, pudo escuchar la lubricación de una vulva que exigía a gritos caricias, unos dedos masculinos inclementes y una verga perversa. Jon quedó paralizado. Por las ventanas corría el aire fresco del mar, pero solo avivaba el incendio.

–Chus… –empezó a balbucear. Quería elegir las palabras precisas, las frases perfectas. Quería que abandonara su empresa sin heridas–. Por favor Chus… eres una mujer hermosa…

–Ven –ordenó como una autómata que ha perdido el control y solo es una máquina de follar. Jon no obedeció.

–Chus, no puedo.

–¿Cómo que no puedes? ¿Crees que no soy suficiente mujer para ti? ¿Con Eva si puedes?

–No, no, no, no. Estás equivocada Chus. Soy yo. No puedo.

–¿Acaso eres marica?

–No Chus. No puedo –Jon cayó de rodillas al suelo llorando. Chus se levantó histérica, en modo descuartizamiento.

–Te voy a contar una cosa imbécil. La última vez que vi una polla cerca de mí fue hace más de un año. ¿Sabes de quién? De mi marido. ¿Sabes para qué? Para violarme. El hijo de puta me violó. Desde entonces estoy muerta. No soy mujer. Mi marido es un bestia alcohólico. Esto –dijo señalando su coño– es como un plato fino para un mono que come con las manos. Ahora llegas tú y me devuelves la ilusión. Me gustas pedazo de cabrón –llora mientras intenta no perder el hilo de lo que necesita decir–, me gustas. Pensé que podía ser mujer otra vez. Pensé que también te gustaba y... me haces esto. ¿Sabes que es la peor humillación que puedes hacerle a una mujer? ¡Eres un cerdo! –los gritos llorosos subían el tono, la histeria se apoderaba de aquella mujer desecha–. ¡Todos los hombres sois unos cerdos! Estoy jodida. Esto es lo peor…

–No Chus, no es lo peor –reaccionó Jon–. No es lo peor.

Pero Chus corría con la ropa en las manos escaleras abajo, abría la puerta y seguía desnuda por el camino del farallón. Jon no pudo levantarse. No pudo correr detrás. No pudo gritar. No pudo pedir auxilio. No pudo moverse. Se quedó allí, atornillado al suelo húmedo, pensando qué podía ser peor.

Perfume de mujer

Dicen que siempre que llueve escampa. Lo saben muy bien los meteorólogos, pero no tanto los psicólogos. Las lluvias del hombre suelen ser breves episodios de interminables tormentas. Una lluvia tan fina como el orballo. Los gallegos tienen más de setenta vocablos para designar la lluvia, pero casi los mismos que un andaluz o un vasco para referirse al llanto. Jon lloró hasta que sofocó la parálisis. Luego se duchó y se tendió en la cama. Tenía que pensar, pero se quedó dormido. Fue inevitable.

A una hora indeterminada de la tarde llegó Eva. Iba a tocar, pero la puerta estaba abierta. Chus ni siquiera dio un portazo. La humillación es muy distinta de la cólera. Eva se alarmó, pensó en las huellas del huerto, llamó con fuerza; pero nadie respondió, así que subió corriendo por las escaleras. Jon estaba tendido. Parecía muerto. Eva sintió pánico; pero allí no olía a pulmones destrozados por la nicotina, sino a perfume. Olía a perfume de mujer. Jesús vino a su mente. «Ayúdalo», le susurró al oído interior. Eva lo tocó, lo sacudió con un dedo. Pese a no sentir su respiración, Jon se irguió sobresaltado.

–¿Qué ha pasado aquí?

–Tengo que irme Eva, tengo que irme… lejos de aquí.

–Pero ¿qué ha pasado?

Era una pregunta que no merecía respuesta. Una confesión puede ser una delación. Jon no podía hacerlo, no era capaz.

–¿Chus?

Eva reconoció su perfume. Lo que sea que allí hubiera pasado o no tenía que ver con Chus. Jon se levantó, bajó una maleta del armario y la abrió sobre la cama.

–Jon… Jon.. Atiende Jon –insistió–. Tú no te vas a ninguna parte.

–Eva, no puedo vivir así.

–Lo entiendo Jon, pero estas cosas no se resuelven así… en caliente.

Jon estaba ajeno. La parálisis del alma tiene difícil recuperación.

El ciego Bartimeo no tenía nombre. "Bar" quiere decir Hijo. Él solo era el Hijo de Timeo. Bartimeo era ciego y también mendigo, dependía del resto para subsistir. Al saber que Jesús iba a pasar por ahí, por Jericó, a 30 kilómetros de Jerusalén, solo podría gritar: "Jesús, Hijo de David, ten piedad de mí". Lo hizo. Un grupo de gente le ordenó silencio: "Cállate". El otro grupo le animó en su empresa: "Coraje, levántate, Él te llama". Jesús mandó traer al ciego. Bartimeo se levantó de un salto y tiró su manto, dejando su antigua vida por una nueva. Así de simple.

Dicen que la voluntad de Dios en nuestra vida es igual a la felicidad. Pero Jon grita desde aquella noche y Dios no le escucha. Dios no pasa por ahí, ni a 100 kilómetros de distancia de donde se desgarra Jon. Él se anima, quiere levantarse, tirar su manto, y no puede y grita esperando ayuda mientras sigue intentándolo. «¿Qué quieres que haga por ti?», dicen los curas que Jesucristo pregunta, pero Jon está sordo. Es incapaz de oírlo y por eso grita y Jesús, el de Nazaret, no escucha. Jon ni siquiera sabe si Jesús es Dios o Dios es Jesús. Ha perdido la confianza. Si quiere sanarse deberá hacerlo él mismo.

–Jon –Eva repitió su nombre–, se lo que has sufrido. Es de dominio público. Es terrible. Tan horrible que puso en duda mi fe. ¿Dónde estaba Dios? –hizo un silencio largo, pesado, incómodo. Es necesario elegir la frase correcta. Es imprescindible evitar comparaciones– Pero tú no sabes nada de mí. Todos llevamos un peso encima. El pasado pesa.

«Lo mejor que tiene la vida es que es un día tras otro», pensó Eva, pero no lo dijo, porque cualquier cosa dicha podía ensuciar cualquier cosa dada por dicha. Lo único que no tiene remedio es la muerte.

Madrid

Tu destino, Eva, cuando saliste de Miami, era Galicia, no Madrid, pero tú querías visitar el Guernica de Picasso. Querías respirar sus olores, degustar sus sabores y satisfacer tu mirada en las proporciones correctas; sin intermediarios. Así que reservaste en una pensión del centro, muy cerca de la Plaza Mayor, por una semana. No era temporada alta, tampoco baja; aunque Madrid siempre está llena de curiosos de todas partes del mundo.

Madrid no duerme. Eso es nuevo para ti. Al principio te da miedo, pero enseguida te acostumbras. Como buena turista que no sabes que eres, aprendes rápido a llevar el bolso donde no puedas perderlo de vista, a rehuir de los grupos y apelotonamientos, en fin… Enseguida te relajas. En definitiva, Madrid no es peligroso. La gente se mueve tranquila por calles diseñadas para la fluencia humana. Te gusta.

Tu primera visita es al Reina Sofía, pero también está el Thyssen y el Prado. Goya, Velázquez, El Greco, El Bosco, Fra Angelico, Durero, Rubens, Rembrandt, Tiziano, y un interminable etcétera que termina en bóvedas repleta de obras; incluso tan incógnitas como una Mona Lisa. ¡Una copia de la Gioconda! ¡Siglos de cultura! ¡Dios! Un museo de pintores, no de pinturas. En el Reina Braque, Miró, Dalí, Picabia, Gordillo,

Tàpies, Gris, ¡Picasso! Miles y miles de obras entre los dos museos. Algunas exhibidas, muchas almacenadas, otras en tránsito. ¡Increíble! «¿Por qué no nací aquí?», piensas, pero de alguna manera perteneces a aquí, solo hay que trepar un poco por el árbol genealógico para encontrarte. Eras gallega, de verdad. No de Zaragoza, Cataluña o Andalucía, mucho menos de Euskadi; eras gallega de Galicia, de paso por Madrid.

Llegaste al Reina Sofía aún con el *jet lag* del largo viaje, aún con un mapa en la mano y, por fin, te presentaste al Guernica. Era mucho más de lo que habías imaginado. Era gigantesco, monumental, enorme, en todos los sentidos. Ahí estaba, algo deteriorado, algo reciente, desafiando al tiempo y al dolor. Ahí tenías, delante de ti, la crónica del bombardeo, las imágenes del sufrimiento, del terror, desplegando todo su universo de símbolos.

Dicen que cuando Picasso volvió a Francia, en 1940, se topó con el ejercito nazi que había ocupado gran parte del país. Un oficial alemán, ante una foto del cuadro, le preguntó: –¿Ha hecho usted esto? Picasso respondió: –No, han sido ustedes. Ahí tenías, delante de ti, lo que hicieron los nacionalsocialistas. No se puede fotografiar, pero no hay tiempo límite para observarlo. No tiene asientos, como en la sala donde cuelga Las Meninas, de Velázquez, para controlar que no se formen tapones. A ti te da igual, te quedas allí de pie, descansando tus ojos y tu alma, hasta fotografiar en la memoria el más mínimo detalle. Valió la pena. Solo por este tiempo, solo por esto, valió la pena. Tu periplo a las raíces empezaba con buen pie.

Tu viaje de una semana se convirtió en tres largos meses. ¡Y lo que te faltaba por ver! ¡Y lo que te faltaba por vivir! ¡Cuánta historia en cualquier parte! Madrid te fascinó. La luz, la oscuridad, el sonido, el silencio, los parques, los jardines, los edificios, las calles enormes y pequeñas, los callejones, las tapas, los vinos, la música.

Te enamoraste. Si pudieras le darías un hijo. Le darías de mamar. Le darías lo mejor de ti. Pero los ahorros disminuían y aún quedaban muchos misterios por aclarar en Galicia. Quedaba reencontrarte con tu pasado para conocer más de ti. Tenías que saber quién eras.

Sueños con vacas

Es difícil saber quién eres. ¿Quién eres tú, Eva? ¿Eres tal y como te ve el resto? Para ti eres un ente de espejuelos, de imágenes, de letras, de símbolos, de ver donde la mayoría de la gente no ve nada. Si tuvieras que definirte como un animal dirías que eres un gato: un bicho esquivo, poco fiel, que ronronea cuando le acarician. Eres auténtica. –Todo el mundo es auténtico. Todo el mundo es especial –dirías y es cierto, pero tú eres tú, da igual si llueve o escampe, de si se pone de moda el verde o el rojo, de si se lleva la ropa holgada o apretada. Tu *look* no aparece en ningún catálogo: ni antiguo, ni moderno. Tus frases, tus miradas, tus ademanes, tampoco. Todo tu lenguaje es suave, inofensivo, directo, poderoso. Nadie te escucha en tiempo real. Hablas como si no estuvieras, pero la gente te repite al día siguiente, durante semanas y vidas. A veces se apropian de tus frases, pero suenan falsas fuera de tu boca. Eres especial a tu manera. No vas por ahí provocando accidentes en las construcciones; sino, más bien, dejando una estela de frescura que sigue deleitando un verano después.

En Madrid has hecho los deberes. Visitaste registros de propiedad. Llamaste a ayuntamientos. Buscaste y hallaste. En España encontrar información es fácil: todo está organizado, clasificado e informatizado. Llegar al hogar de tus antepasados fue solo cuestión de unos cuantos clics y unas preguntas correctas. Las respuestas ya estaban ahí. Solo había que salir a su encuentro.

Los pueblos perdidos no existen. Son pueblos encontrados. Siempre han estado ahí, ajenos a los desinteresados, a veces durante siglos. América existía. Solo fue encontrada cuando un puñado de aventureros salió en barcos hacia la India por una ruta desconocida. Tu aldea existía cerca de un pueblo pequeño, próximo a una ciudad mínima. Solo tiene acceso por una modesta carretera local y no dispone de hotel, hostal o posada, pero cualquiera estaría dispuesto a darte cobijo por una noche.

Por fortuna, Eva, hace nada inauguraron una casa rural en medio de la villa, más bien una habitación rústica. Te instalaste nada más llegar. El viaje fue largo. Desde Madrid cualquier viaje hasta la costa es espléndido; es su más grave defecto para los que prefieren el mar. Casi seis horas de viaje. Nadie te esperaba. No dejabas perros ni gatos detrás. El tiempo no era un problema. Llegaste cansada, pero ni comparación con tu vuelo desde Miami. Aún tuviste tiempo de cenar en una agradable fonda que, si no fuera porque tenía varias mesas de comedor, hubiera pasado por el hogar de un paisano. Comida casera. Todo natural, casi sin condimentos, ni adornos. Tú eres vegetariana. Cuba te hizo vegetariana. Allí había adoración por la carne y desprecio por las yerbas, que es lo que sobra: hortalizas, legumbres, frutas. En realidad no sobran, pero son más fáciles de conseguir que los animales que corren, nadan o vuelan de un sitio a otro. Pero en aquel casal, el hogar de tus antepasados, hay tomates, espárragos, pimientos, grelos, garbanzos, quesos, y un largo etcétera que, aunque no figuran en todo su esplendor en el menú, te preparan a tu agrado, con gusto, una exquisita especialidad.

Das un paseo por la rivera. Puedes oler el mar por doquiera. Puedes sentir su sal, su humedad y su frialdad. La recién estrenada casera te previene: –Ten cuidado. Aquí no voltean las páginas, las arrancan –tu le agradeces su preocupación aunque no la entiendes. Hay poca gente. Todos te miran. Es normal, eres la nueva. Todos te saludan. Te impresiona. Son muy amables. En cuanto empieza a oscurecer das la vuelta. Por hoy es suficiente. Tienes que descansar. En la pared hay un proverbio impreso en un azulejo que reza: *Nuestra vaca tiene el pesebre en Galicia y las ubres en Madrid.* Esa noche sueñas con vacas.

La más penosa manera de morir

Hay mil maneras de morir. Quizá la forma más penosa de morir es el exilio. Volver a nacer lejos de todo lo conocido, de todo lo heredado, de todo lo sólido, es una forma líquida y burguesa de morir. En el exilio puedes morir una vez más, al menos, con la cabeza alta. Así mueren los extranjeros, los apátridas, los fundadores: sin pasado, sin cargas, sin arraigo; con el lastre pesado y amargo de la pérdida. El exilio te permite vivir otra vida que no es vida, una vida prestada, un tiempo extra; una vida ajena.

Después del alta, Jon, podías valerte por ti mismo. Mucho más autómata que humano, pero funcionabas. En Madrid nunca fuiste madrileño. En la capital es más fácil pasar inadvertido. Miles de criminales, ex torturadores, prófugos de la justicia, ladrones de guante blanco, ladrones a secas, atracadores, pederastas, mafiosos, radicales islámicos, terroristas y otros seres, se cruzan en tu camino todos los días, pero la prisa y la inmensidad los esconde. El anonimato es una forma gaseosa de existir. Esa minoría deambula por nuestras vidas, patrulla las grandes avenidas sin dejar apenas rastro. No es un mal endémico. Las grandes capitales son cómplices. Las caras se olvidan rápido. Solo si se repiten hasta el aburrimiento, como en la tele, se retienen. Pero eso es un privilegio reservado a unos cuantos. Gente que ha vendido su vida. Gente que airea sus trapos sucios para deleite de la audiencia. Gente que negocia con su privacidad. Gente sin escrúpulos. Gente sin *swing*.

En Madrid, Jon, te atreviste a salir a la calle a comprar algún medicamento, comida, libro o producto de limpieza. Nadie se fijó en ti; al menos eso creíste, aunque nunca del todo. Jamás abandonaste tu disfraz de valiente para ocultar tu imperdonable cobardía. Pasó un mes, dos, seis. La herida iba cicatrizando, aunque seguía sin curar. Hay heridas que no tienen remedio; para las que no existe medicamento del todo eficaz. Quedan latentes; como el hueso que sana, avisan siempre que va a cambiar el tiempo. Las curas adquieren nuevas funciones. Aprendes a utilizarlas.

Volviste a abrir tu ordenador. Volviste a escribir tímidos programas para rastrear la red. Intentaste borrarte. Borrarse es un arte. Hiciste lo imposible por limpiar toda tu mierda y borrar el pasado. Pero el pasado siempre vuelve. Nunca fuiste tan anónimo como deseabas.

Un día amaneció distinto a todos los anteriores. Uno de esos días que marcan un antes y un después. Desayunaste en el más absoluto silencio. Podías escuchar los murmullos de la nevera, los suspiros del ascensor, los ronquidos del tráfico. El silencio nunca es el silencio. El silencio absoluto solo es posible en el vacío. Era un buen síntoma. Ese día, Jon, decidiste que ya era hora de largarse, de exiliarse de verdad, donde fuera imposible que alguien te reconociera. Madrid te asfixiaba, en cualquier momento cualquiera podría percatarse de tu ausencia. Tenías vecinos y también muchos ex amigos y ex conocidos. Necesitabas borrarte para escribirte de nuevo. Necesitabas olvidar y ser olvidado. Necesitabas enterrar a este Jon y parir a otro. Aún no sabías cuál, pero no podías ser ya más este. Había llegado la hora.

Cogiste un mapa de España, lo desplegaste sobre tu mesa de madera preciosa y cerraste los ojos. Tu futuro estaba en juego, pero tú eres un experto en el azar. Estiraste un dedo y lo pinchaste, como un pin, en el mapa. Abriste los ojos. Tu dedo índice apuntaba a un punto de Galicia sin nombre. Lo marcaste con un rotulador: una cruz negra muy cerca del océano, al borde de un precipicio.

La casera

Eva regresó un par de días después de emprender el primer micro viaje de avituallamiento. Comprar telas para sus modelos, libros, música o cualquier cosa industrial le exigía desplazarse a veces a decenas de kilómetros de la villa. Así que aprovechaba la oportunidad para deambular por esas ciudades pequeñas, medianas y grandes tan atractivas, herméticas y misteriosas, de la rivera gallega. Se perdía a gusto entre lo antiguo y lo moderno, entre lo rural y lo urbano, entre la tradición y la novedad.

En estos lugares el tiempo se mide con ternura. No hay prisas. No hay estrés. Los segundos caen como gotas de fragancia. Cada habitante lleva su propio frasco. La forma y el volumen los dosifica el portador. El flujo vital es siempre diferente, como una huella dactilar o un iris formado con las venturas y desventuras de lo vivido, de lo grabado en cada recipiente. Cada segundo tiene su ritmo.

Jon, aún no te has presentado y Eva quiere respetar tu privacidad. Chus le tranquiliza: –Es un buen rapaz –, y ella le atiende. En el fondo, Jon, solo eres un ser tímido sacudido por los acontecimientos; aunque aún ellas no sepan qué acontecimientos, ni qué sacudimientos.

No tienes muchas cosas que hacer mientras intentas reiniciar tu vida, pero cuentas con mucho tiempo. Dispones de todo el tiempo del mundo. Acabas de llegar. Te cuesta mostrarte. Sigues sin querer ser visto, mucho menos reconocido.

Eva fluye lánguida y serena de un lado al otro cuando parece que nadie la observa. El viento bate su largo vestido de algodón. Las persianas apenas dejan entrar la luz; solo la suficiente para espiar sus movimientos. Todos los días se acerca al borde del acantilado y del peligro. Tú, Jon, sientes vértigo. La tentación de correr hacia ella y salvarle, late como en un corazón enamorado; pero no te atreves. Tus zapatos de plomo te paralizan. Sabes que no llegarás a tiempo. Así que secas tus lágrimas con el dorso de la mano clamando a cualquier fuerza que te escuche para que le salve. Ella tampoco quiere ser vista o, quizá, no necesita ser vista.

En el mar está su secreto. ¿Qué le dirá? Eva se mueve como una meiga ligera, flota sobre el acantilado, melancólica, triste. Acaso es un marinero perdido, un naufrago que envía mensajes en botellas, un ahogado en la inmensidad del océano. No lo sabes. Quizá Eva lo sepa. Pero tú, Jon, no te atreves a mirarle a la cara. Eres el ser que está tan cerca como tan lejos de su vida.

Chus te visita casi a diario. A veces te trae pan, alguna noticia que no quieres oír, alguna prensa que no quieres leer. Revisa las camas, vela por si te falta algo. Te aconseja consejos que no has pedido. Te invita a reuniones a las que no asistirás. Te has acostumbrado. Chus es una especie de organillo biológico que se suma al murmullo de la nevera. El silencio nunca es el silencio. Aquí tampoco. Es un silencio diferente cargado de presagios.

Solo sales, Jon, cuando las probabilidades de socializar caen bajo mínimos. Sabes que no es recomendable, pero no puedes evitarlo. Has comprado una bicicleta para ir más rápido y una cámara de fotos para retratar. Eva es tu modelo involuntaria favorita. A veces marchas de madrugada y regresas después del atardecer; mientras, deambulas por montes y senderos. Empiezas a moverte, cada vez más lejos, pero la mayor parte del tiempo la pasas pegado a Internet. Ya no te interesan las redes. Ahora quieres escribir acerca del miedo, del horror, del repudio, pero la primera hoja sigue en blanco. Word salva, por si acaso, una y otra vez el mismo folio virtual sin una letra. Tú, Jon, te limitas a permanecer frente a la luz blanca del documento.

Tu casera sigue su rutina; unos hábitos que desconoces. Son pocas caras las que has visto de la aldea, pero supones que detrás de esas caras hay otras: abuelos, padres, hijos, maridos y mujeres, novios y novias, etc., y detrás de esas personas habrá oficios, mercancías y ventas. Los mecanismos que mueven este lugar yacen ocultos bajo tierra. Giran en secreto ante los peregrinos. La yerba está cortada, los jardines atendidos, las casas pintadas, los caminos limpios. Todo está habitado en la más estricta intimidad y soledad.

El abuelo Quiroga baja de la peana por las noches. Acude al ayuntamiento. Revisa los papeles. Todo está a la orden del día. Hace tiempo no hay alcalde. La funciones burocráticas se ejercen desde lejos. Quiroga puede pasear por la villa que fundó su padre. Inspecciona la casa. Eva yace apacible, tú, Jon, desasosegado. El reposo es un estado de equilibrio. Después de la revista, vuelve al pedestal para su rutina.

Sitio distinto

Galicia es un sitio distinto. No cabe duda. Un lugar deprimido durante muchos años y exuberante durante toda su historia. Os Resentidos le hizo un himno posmoderno que le insufló aliento a finales de los 80. Era todo lo que tú, Jon, conocías de Galicia: una canción.

En Cuba todos los españoles son gallegos, por definición. Durante los años de pobreza pre revolucionaria, Cuba fue el refugio de muchos españoles, en especial de gallegos que hacían las Américas en busca de mejor fortuna. El gallego era protagonista del teatro vernáculo; por desgracia, la contraparte del negrito (interpretado por actores de raza blanca con la cara y los labios pintados de negro como ordenaba la tradición). El gallego era avaro y bruto. El negrito era pícaro. Su papel era ridiculizar al gallego. De cierta manera, la vida se sigue representando así. El que está, ridiculiza al que llega, por la gracia divina. El tercer personaje, la mulata, era coqueta y muy avispada. La trama era siempre una variante de lo mismo: el negrito y el gallego cortejan a la mulata, la mulata se aprovecha del gallego, el negrito también. Risas. Así de simple era el teatro bufo. El gallego, después de la gaita, la alpargata y la boina, según esta tradición, inventó la mulata; por la que perdía la cabeza. Así son los estereotipos.

Llegaste al fin del mundo, Jon. Allí había muchas palmeras sembradas en las puertas de las casas de los gallegos indianos, los que volvieron al terruño después de su aventura caribeña. Eran los retornados, los sobrevivientes del exilio. Los que podían morir en paz, en la tierra que les vio nacer; sin la inexorable sensación de pérdida. Allí estabas, Jon, sin regresar y sin partir, en medio de la fascinación de aquella naturaleza agreste, indomable, desobediente, insolente.

Anduviste aldea tras aldea, camino tras camino, cala tras cala, durante muchos días; subiendo y bajando por una naturaleza indómita salpicada de actividad humana. En Galicia todos los peregrinos son bienvenidos. Son parte del paisaje y de la tradición. Son bien recibidos. Nadie te preguntó si hacías el camino de Santiago o cualquier otro. Dormiste en albergues, iglesias, hostales y refugios en los que no resultaste extraño, ni extranjero. Algo une las almas de los vagabundos por tierras desconocidas. Algo impulsa a la cooperación y la ayuda. Recorriste verdes prados, grises rocas y pálidas arenas. En cada pequeña población buscaste el destino que marcó tu dedo. En cada pequeña plaza, hórreo o cruzeiro, buscaste las señas que esperabas reconocer.

Pasaron varias semanas hasta llegar al acantilado. Podías oler el Atlántico y escuchar los rumores de ultramar. Podías sentir las llamadas de los delfines y el imparable bramido de las olas moldeando, milímetro a milímetro, las paredes de esas rocas cíclopes. Podías escuchar los bretes de las meigas con los paisanos y el canto de las gaitas. Estabas cerca. Anduviste por una improvisada calle sin asfaltar hasta lo que parecía el centro. Una escultura de bronce de un personaje elegante, ilustre, presidía la minúscula plaza de España, frente al enorme reloj del ayuntamiento. Preguntaste quién era. –Quiroga –te contestaron–, el mejor alcalde que ha tenido estas tierras.

Habías llegado a tu lugar de destino.

Chus, la regente de la primera fonda a la vista, te recibió de inmediato. Chus era como una especie de portera involuntaria del diminuto poblado. Su medio casa–bar–fonda, al lado del ayuntamiento, era visita obligada de cualquier peregrino. Un cartel con una especie de grabado de una tasa humeante seducía al viajero. Un café o una cerveza fría, después de tantos kilómetros, era más que bendecida.

–La casa de Eva está al final de la colina –te indicó con suma amabilidad mientras te servía un sabroso Alvariño fresco–. Yo misma le ayudé a hacer la foto para subirla a Internet. Ahora anda de recados en la ciudad. Sabía que venías, pero no cuándo. Me parece que te esperaba más tarde, pero no te preocupes. Yo tengo las llaves. Soy yo la que me suelo encargar de estas faenas –Dicho y hecho. Cuando acabaste tu vino fresco, Jon, más un trozo de tortilla cortesía de la casa, Chus te invitó a acompañarla a la que sería tu casa en este rincón de la nada, rodeado de silencio, naturaleza salvaje, amabilidad y un extraño acento cantarín.

Te duchaste para quitarte el peso del camino, te hundiste en el mullido colchón y te quedaste frito. Dormiste durante medio día sin interrupciones, en el más absoluto silencio y oscuridad. Se acostó un Jon; se levantó otro. No era mejor, ni peor. Era solo un Jon recién nacido en un sitio distinto. Habías acertado de pleno. Aquel paraíso era tu lugar.

¿Dónde estás Jesús?

La muerte tiene muchas caras. Hay miles de maneras de morir. La muerte siempre está viva. Puede ser una bombilla o una vela. Puede pasar de encendido a apagado o puede extinguirse con lentitud: la muerte del cuerpo o la muerte del alma. Se puede estar medio vivo y medio muerto. Es fácil irse al reino de los muertos. Es difícil regresar al reino de los vivos. La vida después de la muerte no va de atravesar un túnel, de pasar de testigo a espectador, de ver películas en cámara rápida. La vida después de la muerte va de los que se quedan, de los que no pueden irse.

Jon no se fue. Eva le convenció para darse un tiempo. Chus le perdonaría. Jamás vio a alguien tan desvalido. Le preparó una infusión para el sueño y se sentó a su lado. Era una posición que conocía, pero Jon no era Luis, ni ella era la madre Teresa de Calcuta. Son apenas dos seres desconocidos que el capricho, de eso que llaman destino, decidió cruzar.

Eva no le leyó cuentos de hadas y orcos, ni de buenos y malos. Habló de ella. Habló de lo mejor de ella, de Jesús. Nunca lo había hecho. Nada más empezar, notó como la felicidad la conmovía. Jesús era lo mejor que le había pasado en su vida. Le habló de su inteligencia, de su humor, de sus detalles, de sus habilidades culinarias, de sus excentricidades.

Le llamaba querida, preciosa, amor; a veces Ev. Jon degustó cada relato como disfruta un *nerd* de un cómic de superhéroes. Solo que se trataba de historias sin hazañas, sin otra epopeya que el amor. Eso que todos necesitamos. Eso que no se puede comprar, ni exigir, sino solo entregar. Jon se durmió como un bebé. Eva le cubrió con la manta y se marchó a su casa, no sin antes asegurarse de dejar la puerta cerrada a cal y canto. «¿Dónde estás Jesús?», fue lo último que pensó esa noche antes de cerrar los ojos.

Quiroga

Todo el pueblo te conocía, Eva. Tenían conocimiento de tu existencia, y tú ni siquiera habías tenido noticias de él. No sabían de ti con lujo de detalles. No podían ponerte cara, ni pelo, ni cuerpo, pero sí sabían de tus abuelos, y de tus padres. Podían imaginar cómo serías tú y, aunque no lo supieras, ibas y venías en cartas, en forma de letras.

Quiroga es un apellido gallego antiguo. Tu bisabuelo fue alcalde del pueblo. Quizá tu tatarabuelo fue fundador. A tu abuelo le tocó vivir la dictadura franquista. Por eso viajó a Cuba donde conoció a tu abuela, gallega también, y tuvieron a tus padres. Regresaron en cuanto acabó la guerra. Habían hecho algo de dinero y les gustaba la isla, pero la morriña les obligaba a plantar su palma. Cuando llegaron, los "vencedores" de la guerra civil y de la dictadura apenas los recordaban y, aunque no lo sabían, solo les quedaba un telediario en el poder. La democracia estaba cerca. El fin de una época infame dependía de la decrepitud de un abuelo en cama, pero la naturaleza hizo su aporte y al final la historia salió de su pesadilla. Todo, propiedades y tierras de tus ancestros, estaba descuidado; alguna linde se había movido algo, pero a tus abuelos no les costó demasiado esfuerzo devolver el aliento y la vitalidad al terruño. En poco tiempo la casa respiró como de costumbre y el aliento de los alimentos en la cocina engordó a las ánimas de nuevo.

El bisabuelo no tuvo tanta suerte. A él lo fusilaron y saquearon todas sus pertenencias: objetos personales, diarios, escritos, cartas. La ley había sido infringida. La dignidad había sido violada. Al tonto del pueblo le otorgaron, por obra y gracia del Pequeño Dictador, las riendas del caserío, pero eso no le hizo más listo. Tuvo poder, no respeto; solo la adulación de unos pocos miserables, la indiferencia de la mayoría y el odio de otros pocos exaltados.

Tus padres se quedaron en la Habana y, cuando fue necesario, ayudaron a "La Revolución". Eran parte de esa burguesía que desaprobaba los excesos de Batista. Casi toda la población apoyó a Fidel, no solo ellos. No para lo que hizo después, sino para lo que dijo que iba a hacer: restituir la Constitución del 40. "Ya puedo morir tranquila", dijo Doña Regla Socarrás, viuda de Prío, presidente de Cuba desde 1948 (gracias al Partido Revolucionario Cubano Auténtico) hasta 1952 (gracias al golpe de estado de Fulgencio Batista); justo tres meses antes de convocar nuevas elecciones. Si la inmortalidad del espíritu fuese cierta, Doña Regla seguiría revolviéndose en la tumba.

Tú, Eva, naciste en plena Revolución, en esa efervescencia de renovación de la dignidad y de los derechos de los menos favorecidos. Pero naciste con tu dignidad subrogada. Eras usufructo gratuito del gobierno. Naciste para servirle. A tus padres les costó, como a muchos cubanos, verlo claro. Pero lo distinguieron e intentaron regresar al terruño. Ellos podían, tú no. Tú no podías decidir por ti misma. Eras menor de edad. El estado era tu tutor, por mucho que tuvieras padre y madre. El estado Español no pudo hacer nada. Naciste allí. No eras española. Con el entusiasmo de la Revolución, no te inscribieron en el Consulado. Eras una simple pionera de padres gusanos. Te quedaron.

Tus padres fallecieron de una extraña manera; algo borroso en tu memoria. Tienes un vago recuerdo donde yacen tendidos, rígidos, tiesos, inertes, sobre una cama blanca, vestidos de blanco, con sus pieles blancas e inexpresivas. Te suenan palabras como veneno, accidente, tóxico, pero no las relaciones entre ellas. No te explicaron bien que pasó. Te abandonaron donde no podías seguirle. Tus abuelos se enteraron. Te reclamaron. Pero tú eras una pionera cubana, hija de la Revolución, y no te dejaron marchar. No te enteraste de nada. Solo que, de repente, te viste sin padres, extrañándolos, culpándolos de no venir a buscarte, encerrada en un internado con otros niños igual de irritados con sus progenitores.

Así fue tu niñez y tu adolescencia: un desfile de caras desconocidas y hostiles, un estado de alarma continuo. Sin embargo, una trabajadora de aquel centro te dejó una Biblia y encontraste refugio en ella y, cuando saliste de allí y pudiste elegir tu vida sin pasado, acudiste a la iglesia y a los curas y a las monjas. Allí te escucharon, te dieron de comer, te evangelizaron como Dios manda, te integraron en su mundo de ayudar al prójimo y de hacer el bien y de continuar con la evangelización. Allí conociste el arte religioso y allí tuviste claro qué querías estudiar y ellos te ayudaron, te sirvieron de consuelo y guía hasta que entraste a la Universidad de la Habana y conociste a Jesús y la iglesia, los curas y las monjas pasaron a un segundo plano.

Fotos de familia

Todo el mundo tiene una herencia. La herencia es lo que debes en cada momento. Lo que debes de tus padres cuando naces. Lo que debes de tu entorno cuando creces. Lo que te condiciona por mucho que quieras librarte. La herencia es un tipo de obligación.

Te dirigiste al ayuntamiento, ya habías hablado por teléfono con ellos. Te atendieron como a una reina. Te sentiste bienvenida. Incluso tuviste la sensación de que te estaban esperando. En rigor, habías anunciado tu visita, pero no era una espera de un turno, o de una cita, sino de un reencuentro. Esperaban desde hacía tiempo que apareciese algún heredero y había llegado el momento. Eras la heredera de los Quiroga. Tus abuelos murieron sin poderte recuperar cuando perdieron a su hijo, pero dejaron claro que todo aquello era de su nieta. Cotejaron todo con la documentación que traías. Era solo un trámite. Habías llegado adonde pertenecías y ahora era tu deber cuidarlo y trascender la voluntad de tus ancestros.

De alguna manera sentías que llegabas a tu casa. Te habías enamorado de Madrid, pero esta era tu casa. ¿Quién te lo iba a decir? Dos casas enormes muy cerca una de otra al borde de un acantilado con varias hectáreas de tierra verde y hermosa. Solo te faltaba Jesús. Pero Jesús se esfumó. Desapareció por algún misterioso agujero negro de la humanidad con epicentro en la Habana y réplica en São Paulo.

Saliste de aquellos despachos abrumada. Podías trasladarte a vivir allí cuando quisieras. Podías ver las fotos familiares que quedaron. Podías ver sus gustos por la decoración. Podías imaginar quiénes eran, pero cualquiera en el pueblo te sacaría de dudas. Chus, una parienta de la casera que te acogió cuando llegaste, se ofreció a instalarte. Tú tenías miedo. De no tener nada, pasabas a tener casi medio pueblo. Pensabas que, en realidad, todo aquel paisaje pertenecía a aquella gente que nunca se fue de allí, que no conoció otra cosa, pero ellos insistían en que era tuyo y en que debías creerles; aunque eso te exigiera tiempo. Lleva tiempo acostumbrarse a tener "algo"; mucho más a ser "alguien".

Esperaste un par de días para atravesar el umbral de aquella gruesa puerta principal. Quedaste fascinada. Enormes ventanas por donde husmeaba el océano, estancias gigantescas donde podían pastar vacas si quisieran, una cocina enorme para dar de comer a un regimiento. Todo era grande y soberbio: las camas, las paredes, los baños. Todo simple, mínimo y rústico, pero agradable. La madera siempre es deliciosa al tacto, a la vista y al oído. Había varios óleos adornando los muros. Señores de largos bigotes enroscados con grandes monóculos y señoras hermosas con prendas vaporosas. Tú eras posmoderna, pero no había duda que gran parte de aquella belleza habitaba en ti, en algún lugar de tus genes. Quedaste fascinada, incluso te animaste. Una energía vital súbita, aunque ponderada, serena, apacible, conquistó tu espíritu.

No había sonrisas. Sentías una alegría extraña que no llegaba a tu rostro. Un cosquilleo en tu interior, una oleada de emociones para la que nadie te había preparado. Debías aprender a vivir de nuevo al borde del mar y de la civilización. Debías abrir tus alas de mariposa y revolotear por aquellas interminables praderas, siempre verdes y húmedas.

Todo vuelve a nacer

Todo se regenera. La vida es una eterna regeneración donde lo nuevo surge, una y otra vez, desde lo viejo. No es posible lo nuevo sin lo viejo. Es necesario. Todo se cura. Solo hace falta tiempo suficiente. Todo se olvida. Todo vuelve a nacer. Todo se repite.

Limpiaste a fondo, elegiste habitación, y te mudaste. Tuviste que comprar pocas cosas para empezar. Allí tenías de todo. Desde el fallecimiento de tus abuelos, nadie en el pueblo mancilló la casa de la que fuera, quizá, la familia más emblemática de su historia. Si por aquellos paisanos fuera, hubieran cambiado con gusto el nombre a aquel grupo de casas al borde de la Costa da Morte por Quiroga. Tu bisabuelo fue un buen alcalde. Su escultura preside la simbólica plaza de España, justo enfrente del ayuntamiento. Era hijo predilecto, héroe de la guerra civil por el bando republicano; aunque, en realidad, él solo estaba en contra de cualquier dictadura. Ahora lo sabías y debías sentirte orgullosa por eso. Tú también estás en contra de cualquier dictadura. Tus abuelos ayudaron a todo el que lo necesitó. Concedieron licencias para viñas en sus tierras, a una pequeña comunidad de agricultores, por un precio simbólico, casi gratis. Tú solo sabes dar. Aquí está la explicación de todo.

El gestor de la aldea fue uno de los primeros en visitarte. Quería saber qué planes tenías, pero tú no tenías ningún plan de cambiar nada; todo debía seguir como hasta ahora. En definitiva, ya tenías hogar donde dormir, un huerto para cultivar y toda la vida por delante para empezar.

El pueblo agradeció tu gesto. Es una Quiroga, confirmaron todos. Te comportaste a la altura de sus expectativas. A pesar de tu extraño acento, fuiste una de los suyos desde siempre. Pura gratitud ante tu generosidad. Todos pasaron a presentarte sus respetos, a ofrecerte lo que tenían, a ayudarte a empezar con tu pequeña huerta, a contarte de tradiciones y cocimientos, de bailes y canciones, de telas y artesanías. Tú, la eterna huérfana, jamás habías sentido nada de eso. Cómo te hubiera gustado compartirlo con Jesús.

Aun así, necesitabas fondos. Hay muchas cosas, como la luz y el agua, el teléfono y el gas, la ropa y el calzado, que se pagan con dinero y ya te quedaba poco. No necesitabas aire acondicionado; por ahora tampoco calefacción. Sin embargo, debías comprar un refrigerador aunque fuera uno pequeño y también debías hacer pequeños arreglos en la casa; puro mantenimiento. Pero lo más importante, con diferencia, el mayor gasto necesario, era en la infraestructura que te permitiera estar comunicada, informatizada. Necesitabas de un portátil con conexión a Internet. Solo así podías continuar con tu *business* americano de la moda.

No podías pedir ningún préstamo con tu residencia americana y aún faltaba mucho para que pudieras adquirir tu residencia española, así que no sabías muy bien qué hacer. Fuiste a preguntarle a Chus. Ella no sabía de esas cosas, pero te prometió que lo averiguaría.

Te diste un paseo por el acantilado. Había una pequeña calle improvisada que trepaba por el borde hasta el final, tu casa, y luego continuaba salvaje, con un césped bajo y verde que moría en la roca. No podías asomarte al borde. Un enorme farallón se hundía en la piedra, poco a poco, como un trampolín gigante sobre el mar furioso. No había playas, ni calas, ni pocetas, solo el Atlántico pegando sin tregua al enorme peñón. Era un pueblo de mar sin mar. Un pueblo dedicado a la agricultura, no a la pesca. El mar desde allí era inaccesible, ornamental. Solo disponible a la vista, a la piel, al oído, al olfato. Pero, para ti, eso era suficiente. Era una sensación que conocías bien. Una bomba de oxígeno sublime que te irrigaba el alma de calma. Era una medicina.

Una tarde al borde de la noche, mientras te preparabas una abundante ensalada de tomate, lechuga, pimientos y espárragos, con aceituna y abundante aceite de oliva, Chus tocó a tu puerta. Sabía todo lo que necesitabas saber. Te explicó que allí solo tenían conexión a Internet desde el ayuntamiento mediante satélite. Era muy cara, pero no llegaba a ser un lujo. Del portátil no tendrías que preocuparte. En la ciudad más cercana podías comprarlo. Del dinero no tendrías que preocuparte. El ayuntamiento te debía por la repatriación, de hecho, una suma de dinero no muy grande, pero suficiente para acomodarte. Además, entre todos, estaban recolectando un fondo para prestarte. Tú no tenías que preocuparte de nada. Al final, entre la ayuda del ayuntamiento y lo que aún te quedaba, resultó suficiente para alquilar una línea de Internet y comprar un portátil. Tenías más de trescientos correos pendientes de lectura. La mayoría de encargos de ropa.

Algunas clientes se quejaban, les habías fallado. Tenían un cumpleaños, una fiesta de sociedad, una inauguración, y tú no estabas. Habían tenido que recurrir a otro modisto. En su tono se leía el regaño, el enfado y el adiós. Alguna llegó incluso a censurarte por no atender a tu negocio, pero te alegraste. Esas usuarias es mejor no tenerlas; es preferible cederlas a tus enemigos si los tienes. La mayoría esperaba impaciente noticias tuyas. Algunas se preocupaban. No querían que te pasara nada malo.

Hablaste con Chus de nuevo. Necesitabas ayuda. En el pueblo había muchas chicas jóvenes que no tenían trabajo y no querían trabajar en el campo, ni con los animales. Les preguntaron si estarían dispuestas a coser. ¡¿A coser!? Eso es una de las cosas que mejor se sabe hacer por estos lares. Fue la respuesta. Les propusiste hacer una suerte de cooperativa. Tú te encargarías de patrones, clientes y pedidos, y ellas de coser. Funcionó. En poco tiempo retomaste el negocio. Todas salieron ganando. Otra vez la región sentía la fuerza positiva de los Quiroga. Los Quiroga eran buenos para el poblado, siempre lo fueron y contigo, todo continuaba como entonces. Al final no fue necesario endeudarte. Con el tiempo, la propia Chus se encargó de todo. Tú solo te dedicaste a patrones, diseños y clientes. La empresa funcionó y el pueblo, una vez más, lo agradeció. Ganaban lo que querían ganar. Tú eras transparente y no tenías ningún plan de riqueza. Tu ya eras rica. Sin amantes, sin dinero, sin joyas. Eras querida por todos, en un entorno especial y envidiable, en una nueva vida con la misma identidad. Fue entonces cuando apareció Jon, el forastero.

Estrangulada primero, colgada después

La villa amaneció conmocionada. El cuerpo de Chus colgaba de una cuerda en medio del salón. Los travesaños del techo sirvieron de viga. Estaba sola. No había dejado nota de suicidio, ni había desorden en la habitación. La puerta estaba cerrada como es debido y la luz encendida.

El marido de Chus apareció a media mañana. Cuando llegaron los servicios de emergencia, los vecinos se preguntaron cómo avisarle, pero otro faenador en un pueblo cercano dijo que debía estar allí, que no tenían trabajo, y así fue; al poco de decirlo apareció dando tumbos. Las luces de la ambulancia, los trajes fluorescentes, y la aglomeración de los testigos y curiosos atrajo su atención. Pudo verla flotando en el aire. No podían descolgarla hasta que llegara el investigador forense. El hombre empezó a gritar y a golpear con el puño el granito de los muros de su casa. Apenas podían detenerlo. Tenía la fuerza de un mulo desbocado. Al final lo redujeron entre todos y una sanitaria le suministró un calmante por vía intravenosa. El hombre quedó tendido en la calle mojada por la chuvisca con la vista perdida y farfullando incoherencias.

Eva y Jon se enteraron mucho más tarde. Un paisano dio la voz de alarma. Cuando el equipo de investigación había terminado su trabajo, casi al mediodía, el hombre muy delgado con pinta de inspector de la luz y paso torpe estaba allí. Pudieron verlo interrogando y escrutando a todos. No daban crédito. El interruptor se había abierto. ¿Cómo era posible? Jon se hundió en la miseria. Otra vez él. Otra vez su culpa.

Pidió al flaco hablar con él en privado. Se fueron al furgón y se sentaron en la parte trasera con las puertas abiertas.

–¿Tú dirás? –le invitó a declarar.

Jon le contó, con mucha vergüenza, lo sucedido el día anterior, y como todo había ido subiendo de tono a lo largo de las semanas anteriores. Se sentía culpable. Un asesino invisible que puso la cuerda sobre el cuello de Chus. El hombre tomó nota impasible. Hizo alguna pregunta de cortesía e intentó tranquilizarlo. No podía proporcionarle ninguna información, pero ya sospechaban y tenían indicios; Chus había sido estrangulada primero y colgada después por unas manos grandes y torpes.

Peregrinación

Peregrinar es viajar a un lugar sagrado. Solo o acompañado, da lo mismo. Eso es lo que significa para la mayoría de las personas. Pero el término peregrinación proviene del latín *peregrinatio*, que significa viaje al extranjero o estancia en el extranjero. Según sus orígenes etimológicos, el peregrino es el expatriado o exiliado. Sea como fuere, es un extranjero desconocido en el país y privado de la asistencia de una colectividad. Tú, Jon, eras un peregrino.

Los fieles musulmanes peregrinan a La Meca, los fieles católicos a Santiago de Compostela, los observantes judíos a Jerusalén. La peregrinación se puede realizar por mera profesión de fe o como método para expiar algún pecado según la religión practicada, e incluso como agradecimiento por peticiones concedidas a la figura religiosa pertinente. Lugares sagrados existen en todo el mundo. Pero algunos atraen peregrinos y otros no. Al parecer, algunos lugares son más sagrados que otros. Tu peregrinación, Jon, no era religiosa. Tu fe era nula. No creías ni en ti. Tu peregrinación era para exiliarte, expatriarte, exhumarte.

Jon, debías peregrinar por tierras extrañas; en realidad, solo conocías Zamora provincia, Madrid y alguna ciudad de Andalucía. Sin cultura de viajero debías atravesar miles de kilómetros para llegar a tu destino. Podías ir en avión, en tren, en coche, andando. Pero tú, Jon, excluiste cualquier posibilidad de aglomeración; eras un antropófobo reciente. Así que planificaste hacer el mayor tramo en un coche alquilado y luego hacer el ajuste fino a pie. Tu súper dedo cubrió muchos kilómetros a la redonda. Tenías cierto margen para elegir. Afinaste con Google, buscaste cerca, muy cerca del mar, en el lugar que menos habitantes figuraba. Allí habían dos casas rurales. Podías alquilar por Internet y lo hiciste. Elegiste una. Después marcaste con sumo cuidado las coordenadas para llegar a ella.

Tenías dinero de sobra. Por ahora no necesitabas vender tu piso de lujo, ni pedir un préstamo. Tu trabajo era tan estresante como jugoso. Te dejaba excesivos dividendos para tu espartana vida. No querías frenos, ni obstáculos; nada que te apartara en tu peregrinación. Solo necesitabas una mochila grande con ropa suficiente, un calzado fuerte y tu ordenador; ni siquiera móvil. No cogiste ningún libro, ningún talismán, ningún muñeco de la Guerra de las Galaxias, no cogiste nada que te recordara a ti mismo. Te fuiste con lo justo como hacen la mayoría de los peregrinos. Con la prisa de irse y la calma de llegar. Alquilaste un auto en Avis y programaste tu ruta en su flamante GPS hacia Fisterra, el fin de la tierra, en la Costa da Morte.

Nadando en sudor

Jon, tropezaste con Eva como tropieza un caballo con una piedra en un camino recién asfaltado. Te habías quedado sin té. Dejaste el café en un experimento por conseguir dormir un poco más de horas, un poco más tranquilo.

En muchos de tus sueños con café, Elena te besa. Tú te excitas, la abrazas con todos los brazos y las piernas, las manos y los pies, la cabeza y la espalda. Ella se aparta para fundirse contigo. Abre sus ojos enormes y están vacíos. Sus cuencas son dos agujeros negros que tiran de tu presencia con una fuerza cósmica. Gritas, estallas con todas tus energías y te despiertas nadando en sudor, asustado, aterido. Tardas mucho tiempo en volver en sí y muchos días en volver a conciliar el sueño. Dormir es un tabú.

El mismo tema tenía infinitas variaciones. Era como una especie de canon macabro, un réquiem siniestro, trágico, capaz de despertar la peor de las pesadillas. Era una señal, como un despertador que avisa lo que no puedes olvidar, por mucho que lo necesites. El dolor nunca se va del todo. Cambia de color, de textura, de forma, pero siempre está ahí, alerta, latente. El dolor siempre es innecesario. No alimenta. No alivia la sed. Paraliza y seca.

Cambiaste al té en Madrid y lo alternaste con flores, mieles, temperaturas y sabores. Te hiciste adicto; como el gaucho al mate. El té te permitió descansar algo mejor y hacer más llevadero el silencio. Jon, sabes que tu problema no es el té. Sabes que tu problema no se cura con hierbas, ni curanderos, pero los placebos distraen en la desesperación; son expertos en la falsedad y el encubrimiento.

No había nadie, ni siquiera Eva ondeando en el arrecife. Pero te equivocaste. Eva estaba tumbada en la hierba. Cuando te enfundaste la chaqueta y cogiste la bici, Eva se irguió y salió camino a su casa para resguardarse de la frialdad de la tarde. Justo cuando la verja chirrió pudiste verla. Caminaba derecho hacia ti y tú hacia ella. No podías volver atrás. Eva no podía seguir adelante. Se dieron la mano. Sentiste una espantosa desolación. A Eva le recorrió un escalofrío, un estremecedor repelús pálido, gélido, esperpéntico. Su mirada se enganchó en las ruedas de tu bicicleta y pensó en el único dato de dominio público respecto al asesinato reciente de la niña: las huellas de unas ruedas tan gruesas como aquella. Fue el desencuentro más extraño de tu vida.

No sabías nada de nada de la muerte, ni de la búsqueda de esa niña que parecía que no era del pueblo y de la que todos estaban seguros que acabaría mal. El día del multitudinario entierro, tú atravesabas el campo, atragantándote de aire puro; cuando regresaste, la aldea te pareció igual de solitaria que siempre. Te preguntaste, una vez más, si la gente se escondía debajo de la tierra.

La aparición de Jesús

También Eva intentó tranquilizar a Jon, aunque ella misma no fuera capaz de hacerlo. Se sentaron en el jardín y bebieron el té pensando en la ausencia de Chus. Cada uno a su manera, cada uno según su pasado. Chus era, sin dudas, el cordón umbilical que los enchufaba a la villa. Chus había sido el cancerbero, pero el infierno se la había tragado. Chus era quien venía, traía, llevaba. Chus hablaba, animaba, sonreía. Chus no estaba. Chus había muerto.

Ese mismo día detuvieron a su marido. Se lo llevaron esposado en el mismo furgón donde llegó el equipo de investigación. Era tan extraño como común. Es difícil imaginar la muerte de la mano de quien tienes más cerca; pero es muy fácil asumir que, justo por eso, le convierte en el sospechoso número uno. No había denuncia por malos tratos por mucho que hubiera un 016, el teléfono confidencial para maltratadas que no deja huella. La violación que Chus reveló a Jon quedó silenciada como tantas otras monstruosidades. Ningún examen revelaría los hechos. Las mujeres que se convierten en suceso solo son la punta del iceberg de la peor violencia machista. El maltrato no es ningún secreto. Las campañas animan a denunciarlo, pero el pánico lo entorpece. Es una brutalidad silenciosa. Los atropellos desaparecen, las marcas se borran, hasta que se repite un nuevo crimen. Es un ciclo difícil de romper porque lo cubre un cómplice y espeso silencio.

La semana que siguió a aquel día espeluznante transcurrió sin lluvia. Incluso el sol salió durante varias horas seguidas la mayor parte de los días. La villa parecía distinta. El viejo Quiroga se mostraba reluciente. Jon se refugió en Facebook y Eva se dedicó a reorganizar el ya reluciente negocio textil deslocalizado y globalizado. La vida debía seguir su curso aunque nadie supiera cómo.

Las estancias de Eva en el farallón aumentaron. Al borde de la tarde y del abismo, se balancea ante el peligro para escrutar el océano. A pesar del sol, los segundos vuelven a caer como las gotas de agua de un grifo defectuoso: irritantes, lentas y desorientadas en un silencio, que ni siquiera es silencio. Solo Eva es capaz de ver esos delfines que saltan como si no supieran hacer otra cosa que jugar con las olas de su mundo silencioso.

Jon se acerca a saludarla. Tan cerca para que fuera un saludo; tan lejos para estar al seguro. El perímetro de proximidad invisible varía como los días. Se estrecha en el jardín. Se aleja en el farallón. Las conexiones son así: van y vienen, fluctúan alrededor de un equilibrio inestable.

Un día Eva trajo una exclusiva de Jesús. Había vuelto. Jesús había resucitado.

–¿En serio?

–Así mismo. Me ha solicitado amistad en Facebook.

–¡¿Te ha solicitado amistad?!

Las cosas de Facebook. No distingue entre ficción y realidad. El mejor amigo, la persona más importante de su vida... le había pedido ser su amigo. ¡Qué ironía!

–¿Y qué has hecho? ¿Lo has aceptado?

–¡Claro! –rió Eva como si no tuviera remedio.

Estaba feliz. Por primera vez en mucho tiempo, Jon la vio radiante con esa luz mágica que irradian las piedras preciosas. Era como una especie de arco iris en aquel paisaje gris. Los algoritmos habían dado resultado. Eva era amiga de Jesús.

¡Qué suerte!

–Querida amiga. ¡Qué suerte!

–¡¿Suerte?! Es casi un milagro. ¿Dónde te habías metido?

–Uf… es una larga historia. Muy larga.

–No tengo nada mejor que hacer que escucharte.

–No me escuchas, me lees.

–Es verdad… Jajaja

–Ahora no. Cuéntame de ti.

–¿De mí? ¿A qué no sabes dónde estoy?

–Has subido fotos querida. Estas en un hermoso lugar llamado Galicia.

–Es verdad. ¡Qué tonta soy!

–Jajajaja. Un lugar en el que todos inclinan la cabeza cuando pasas.

–Jajajajaja. De eso nada. ¡Dios! Mira que he pensado en ti. ¡Cuánto te echo de menos!

–Y yo.

–¿Dónde estás? Por lo menos hoy dime dónde estás.

–Estoy en Miami.

–¿En Miami? He estado allí. A ver si nos hemos cruzado y no nos hemos reconocido.

–Jajaja. Sabes que eso no pasaría. Puedo sentir tu olor a kilómetros de distancia.

–Lo sé… ¡Qué suerte! Te adoro muchacho. Esto es lo más grande que me ha pasado en la vida. No te imaginas cuántas oraciones he dedicado a encontrarte.

–Y yo a ti preciosa.

–Ay…

–Querida mía. Tengo que dejarte. Luego hablamos.

–Prométeme que nunca más te alejarás de mí.

–Lo prometo.

–Promételo de verdad. No cruces los dedos.

–No lo hago. Te lo prometo y te exijo que lo prometas tú también. Jajaja.

–No hace falta. Jamás me he olvidado de ti. Te he echado mucho de menos. Te necesito. ¿Por qué no te vienes a vivir conmigo?

–Luego hablamos amor. Un beso enorme. Te quiero.

–Te quiero cariño. Te amo. Besooooos.

Nadie, excepto Jon y el flaco

La autopsia de Chus reveló lo que los investigadores sospechaban: la ahorcaron dos veces. La primera vez con las manos. La segunda con la cuerda. El esfuerzo porque pareciera un suicidio no era más que una chapucera ocultación de un asesinato. A Chus la mató alguien que la conocía bien. La hora del crimen fue a medianoche. Cerca de una hora después de que abandonara corriendo la habitación de Jon.

Salió como una exhalación, desnuda, y se vistió mientras corría desesperada por el camino. Primero se puso las bragas, luego el vestido. Tiró los sujetadores al barro, aunque los llevaba puestos debajo de la improvisada horca. Llegó a casa cabreada, dispuesta a romper todo lo que encontrara en su camino. Tiró una jarra contra la pared. Saltaron vidrios por todas partes. Se desahogó en la mesa rústica propinándole varios puñetazos. Al final se tranquilizó. Se percató de la que había montado y decidió enmendarlo. Aún moqueando empezó a barrer el desastre. Fue entonces cuando entró su verdugo.

Quizá hubo gritos, pero nadie los escuchó. Al final la golpearon en la cabeza con un objeto contundente. Algo blando y pesado, que desapareció del lugar de los hechos, le hizo perder el conocimiento. Después, unos dedos gruesos y torpes le quitaron la vida. Lo demás es historia.

Toda la pequeña villa acudió a la pequeña ceremonia de despedida en el cementerio. No hubo palabras de adiós. No hubo consuelo. No hubo color. Solo dolor y consternación. Solo blanco, negro y gris. Allí estaba hasta el alma del patriota Quiroga junto a su bisnieta.

Jon también acudió. Se sentía fatal, pensaba que no podía hacerlo, pero allí estaba, junto a los cruceiros y arropado por las almas de los muertos allí enterrados y por el calor de los vivos congregados. Nadie echó de menos a su marido. Todos sospechaban lo peor. Pero, a diferencia de lo que ocurrió con la niña, nadie lo vio venir. Nadie sabía nada. Nadie, excepto Jon y el flaco.

Solo una tal Marilyn

Los *chats* entre Eva y Jesús se prolongaban por horas. Durante esos maravillosos días, Eva y Jon parecían estar muy ocupados, cada uno a lo suyo; pero, al caer la tarde, ya casi como un ritual, compartían el té en el jardín y las pequeñas confidencias del día. Jon le contó una vez que trabajaba en un algoritmo de inteligencia artificial para rastrear relaciones. Eva no entendió ni media palabra, pero era lo menos relevante de cualquier conversación entre ellos. Ella le contaba animada de sus charlas textuales con Jesús y él la escuchaba con placer y atención. Compartían; eso era lo relevante, en esencia.

Al parecer, Jesús perdió a su pareja en un accidente de coche. Las conversaciones eran tan ambiguas y extrañas que ni siquiera Eva le exigía mayores explicaciones. Era una relación extravagante: medio Jesús, medio no se qué; pero, reconocía Eva, Facebook era una novedad para ella. Quizá las relaciones físicas son una cosa y las virtuales son otra. ¿Cómo podía alguien enamorarse de otra entidad desconocida solo por sus *likes*, *posts*, opiniones y posturas? ¿Quién es quién? Esa es la cuestión.

El medio Jesús con el que "hablaba" no subía fotos, no aceptaba llamadas, ni tenía amigos. Solo una tal Marilyn, que decía vivir en Massachusetts, y que compartía "amistad" con ella. Jesús se excusaba con el estado lamentable que sufría, algunos desequilibrios económicos, deudas tal vez, e inseguridades varias. Pero rechazaba con evasivas cualquier tipo de relación física. Eva estaba confundida. Su amigo no estaba bien; sin embargo, la animaba un día tras otro. La hacía reír. La hacía pensar en lo posible, más allá de lo real.

En las charlas de vergel, Jon se interesaba por Jesús. Eva le hablaba de él como si fuera de ella misma. No cabía duda. Jesús era parte de ella. Facebook parecía darles una nueva oportunidad en forma de espejismo. Eva le suplicaba: «Por favor, vente conmigo. Me sobra casa. Me sobran tierras. Me sobra dinero. Me faltas tú». Pero sus replicas se hundían en eso que llaman la red de las redes y un pozo sin fondo de excusas y titubeos. «No puedo». Eso era todo. «No puedo». Sin más, ni menos. Sin por qué, ni por cuándo. «No puedo».

Eva empezaba a preocuparse y Jon a sentirse mal. Peor, si cabe. Ya no paseaba en la bici. Sentía debilidad y fatiga. Le faltaba el aire con facilidad. Estaba cada vez más delgado y pálido. A veces sentía frío. Después de casi un mes de extrañas conversaciones en el jardín acerca de Jesús, Jon sufrió un desvanecimiento. Eva lo agarró para ayudarle. Casi se quema. Estaba ardiendo. Al final, unas mantas y unos trapos húmedos aliviaron su estado. Jon achacó sus lamentables ojeras a un virus. Cuando se marchó ese día, a Eva le pareció despedir a la mismísima Santa Compaña, un espectro sin procesión, ni cruz, ni destino.

Caso cerrado

El caso apareció en todos los programas de televisión: locales y nacionales, en toda la prensa: la rosa y la amarilla, en todas las cenas y comidas de los gallegos. El caso estaba cerrado. El culpable de ambos crímenes era la misma persona. En todas partes aparecía su nombre y una fotografía de su cara, más parecida a la de un jabalí, que a la de un humano. Para Eva y Jon solo era el marido, no-marido, de Chus. El investigador delgado y triste vino en persona a la propiedad del borde del farallón para cerrar el caso. En parte se lo debía a Jon.

Desde el principio sospecharon de él: del no-marido de Chus. En realidad, nadie sabía lo suficiente de lo que pasaba. Algunos sabían una parte, otros otra, pero nadie tenía todas las piezas del puzle para encajarlas y ver el cuadro completo.

El hombre apenas faenaba en la aldea vecina para encubrir su verdadero oficio: el tráfico de drogas. Utilizaba la pequeña embarcación de pesca para mover pequeños alijos de cocaína de un puerto a otro. Sustraía pequeñas porciones que consumía y vendía por su cuenta y riesgo. Su negocio tenía pocos clientes. No ofrecía confianza.

La niña era uno de ellos. Aquél ser rebelde consumía coca; cantidades insignificantes que le hacían más dura y sorbos de alcohol que a veces compartía con malas compañías.

El día que desapareció había quedado con él en el río. Chus le hacía faenando. Allí no acudía nadie. Era imprescindible bajar por un sendero demasiado escarpado, resbaladizo y peligroso, para llegar hasta abajo. Él lo hizo bordeando el río desde lejos, en una bici de montaña de ruedas anchas, robada a un paisano de otra aldea. Los gallegos son generosos. Le ofreció alcohol. Compartieron unos tragos en la oscuridad. Consumieron varias rayas, varias veces. Él quiso algo más que dinero. La niña se negó. La golpeó con su particular porra de arena y cuero en la cabeza. Es pequeña, fácil de usar, contundente. La niña cayó desplomada. La mató de un solo impacto. A continuación se ensañó con ella. La desnudó, la penetró, la desgarró, la zarandeó y luego, antes de dejarla allí, abandonada en el lodo permanente que deja la incesante llovizna, la ahorcó hasta que traqueó su frágil y exánime garganta.

El inspector lo supo enseguida, pero no tenía pruebas. El tráfico de drogas era un secreto a voces. Por esas pequeñas substracciones, el sospechoso estaba en capilla ardiente por los capos de esas mafias. El cuerpo de la niña contenía cantidades suficientes del narcótico. El no-marido de Chus era el único del pueblo ausente en el momento de los hechos. Su coartada era la pesca en el mar, pero nadie pudo confirmarla. La propia Chus sentía asco por él; por lo que le había hecho un año atrás. Los investigadores aprenden a leer las caras, las palabras y los gestos de los asesinos como si fueran libros abiertos. El crimen perfecto no existe. Solo era cuestión de tiempo que se expusiera a la luz.

Después aparece Chus ahorcada dos veces. Los testimonios de ella misma y de Jon le hicieron sospechar al flaco. Un animal rechazado y celoso puede ser muy peligroso. Una vez más su coartada fallaba. Cuando le detuvieron, una simple prueba de sangre dio positivo en intoxicación por cocaína. La duración de la cocaína en sangre es de tan solo unas horas. Él la vigilaba. Después de la violación, Chus lo desterró de la cama. Lo amenazó con matarlo. Dormía con un cuchillo de cocina debajo de la almohada. Él estaba desesperado. Solo regresaba a la villa cuando nadie podía verlo y, como la sombra de un animal, se deslizaba por el monte y la costa. Después de su horrible crimen vio en Chus un brillo que parecía alegría. Le vigiló. Le siguió. Sabía todos su pasos. Los que daba y los que daría. Le espió.

Atravesó con descuido en bicicleta el huerto de Eva. Desde la oscuridad la vio coquetear ante Jon, la vio desnudarse, la vio desesperada. Él le ofrecía su cuerpo y ella lo rechazaba para entregárselo a Jon que no quería poseerlo. Lo desesperaba. Lo atormentaba. Se sentía como una alimaña indeseable. Lo odiaba.

El día que Chus salió corriendo desnuda pensó matar a Jon, pero la rabia le arrastró por el barro hasta ella. Recogió el sujetador para que no hubiera testigos de la traición. Tenía un cabreo monumental, colosal, descomunal. Ciego por la ira, fuera de sí, la emprendió a patadas con la bici hasta que la destrozó; luego tiró lo que quedó de ella por el farallón. Él, el cornudo de la aldea, el despreciable, el bruto. Era ella quien debía morir.

Esperó escondido maquinando un plan. Pensando sin poder pensar. Intentando planear su plan, sin poder planear. Cuando llegó a la casa, Chus barría unos cristales llorosa. Lloraba por Jon. La rabia le cegó. Chus lo vio venir como un tsunami de furia. Se asustó, pero no tuvo tiempo de nada. Un golpe seco, duro y blando, apagó las luces. Después una bestia patética desnudó su torso. Acarició los senos y besó los pezones inertes. Colocó el sujetador con torpeza. Era su primera vez. Sus dedos torpes y gruesos fueron incapaces de abrocharlo. Apenas pudieron engarzar unos ganchos pequeños y escurridizos. Luego la vistió. Era mucho más hermosa de lo que creía. Besó una boca cerrada, imposibilitada de besar. No podía entender por qué no le pertenecía. Por qué lo rechazaba. No había sido mal marido. Tuvo que violarla porque se negaba a entregarle lo que juró que era suyo ante Dios. Nunca le faltó nada. Era una ingrata. Abrazó su cuello con sus manos y apretó como se ciñen los nudos los días de tormenta. Chus exhaló su último suspiro con resignación. Apenas se estremeció y se orinó encima. Después la colgó. Preparó la horca y la colgó como un jamón ibérico. Luego se fue para volver cuando todos lo supieran. Fue una chapuza detrás de otra. Era una caso fácil.

Lo interrogaron. Era un hombre corto. En todo. Le preguntaron si vendió cocaína a la niña. Lo admitió y, a continuación, delató al resto de sus clientes. Habló más de lo que debía. Contó detalles que solo los forenses conocían. Un caso simple. No le quedó más remedio que admitir sus crímenes.

Fue frío e insensible en extremo. Idiota y cruel en exceso. Repudiado, abominado, despreciado con rudeza. No merecía vivir. Pero debía morir en la cárcel. El "concurso real de delitos" es como la cadena perpetua. Allí Dios decidirá.

Silencio

La aldea estaba consternada. Empezaron a llegar peregrinos, atraídos como buitres por carroña. Nadie quiso hospedarlos. Eva tampoco. La salud de Jon empeoraba. Las charlas con Jesús languidecían. Parecía que la tormenta nunca arreciaría. El último mensaje de Jesús era una poema de Andrés Eloy Blanco titulado *Silencio*.

Cuando tú te quedes muda,
cuando yo me quede ciego,
nos quedarán las manos
y el silencio.

Cuando tú te pongas vieja,
cuando yo me ponga viejo,
nos quedarán los labios
y el silencio.

Cuando tú te quedes muerta,
cuando yo me quede muerto,
tendrán que enterrarnos juntos
y en silencio;

y cuando tú resucites,
cuando yo viva de nuevo,
nos volveremos a amar
en silencio;

y cuando todo se acabe
por siempre en el universo,
será un silencio de amor
el silencio.

Al leerlo Eva se sintió muda, vieja y muerta. Se preguntó si Jesús se sentía ciego, viejo y muerto. Sintió el silencio. Todo se inundó de silencio y no quiso estropearlo llorando.

Se que eres Jesús

Jon tenía leucemia: proliferaciones neoplásicas de células hematopoyéticas inmaduras cuya acumulación progresiva se acompaña de una disminución de la producción de las células sanguíneas normales. Estaba jodido. Su sangre blanca le estaba matando, una vez más.

Debía someterse a un tratamiento demasiado agresivo. Era imposible determinar qué lo mataría primero. Eva quiso ser su enfermera. Ya sabía lo que era. Lo necesitaba. Ya no tomaban té. Ya no llegaban mensajes de Jesús. Apenas hablaban. Jon deliraba con frecuencia; pero, de alguna manera, parecía aliviado. Hizo un testamento donde dejaba a Eva todo lo que tenía y escribió una escueta carta de despedida para sus padres.

Pocos días antes de morir, Jon acopió todas sus fuerzas para hablar.

–Necesito confesarte algo… algo que me está matando –dijo y se sonrió por la ironía de su improvisado chiste. Eva cogió su mano.

–No hace falta que confieses nada, Jon.

–Quiero que me perdones…

–Se que eres Jesús. Te perdonaré por creerme tan tonta –sonrió–, pero te agradeceré toda la vida que me hayas devuelto la esperanza. Es bueno saber cuando alguien hace algo, por muy desesperado y chapucero que sea, por otra persona. Debes reconocerlo. Eres un poco chapuza, Jon –continuó llorando–. Te voy a echar de menos.

Jesús nunca apareció. Cuando Jon se fue, una parte de él se acomodó dentro de Eva. Luego se hizo un silencio de amor, como si todo hubiera acabado por siempre en el universo.